참 좋은 시절

참 좋은 시절

박인선 에세이

개미

　　2023년 전문예술단체 〈장애인인식개선오늘〉의 일련의 노력인 '장애인창작활동지원사업'의 일환으로 발간되는 '대한민국 장애인창작집발간' 사업의 지속성 담보는 지방자치분권시대의 성과라고 사려됩니다. 대전광역시, 대전문화재단 관계자 여러분과 참여한 작가분들 그리고 응원해주시는 시민 여러분들게 진심으로 감사드립니다.

　　세계의 곳곳마다 지구환경문제, 기후문제, 전쟁문제 등으로 몸살을 앓고 있습니다. 이에 따른 사회적 우울감도 깊어지고 있습니다. 중앙정부나 지방정부는 나라 간의 문제를 비롯해 계층 간의 갈등, 장애와 노인문제와 아동 등 사회적 취약계층을 위한 정책과 제도에 전력을 기울여야 함에도 불구하고 잠재적 보편성

을 가지고 접근해야 하는 국가의 신인도와 투명성 제고에 대해
생각조차 하지 않는 건 아닌지 걱정이 앞섭니다.

2023년 〈대한민국장애인창작집필실〉 동인들에게 좋은 소식
이 있었습니다. 세종도서문학나눔 1종과 우수출판콘텐츠제작지
원 1종이 선정되었습니다. 이는 전국의 작가들과 경쟁하여 얻어
낸 성과라는 큰 의미와 대전지역의 장애인문학과 콘텐츠의 위상
을 말하고 있음을 알 수 있습니다.

2023년 〈대한민국장애인창작집〉발간지원에 수필 부문 두 분
과 시 부문 두 분이 선정되었습니다. 장애인 이해당사자, 장애인
가족, 장애인 관련 직종에 오래 근무 중인 분들로 확대 공모를
하였고 우수한 원고들이 출품되어 선정하였습니다. 장애인문학
확산을 위해 잡지를 발행하고 문학을 공연콘텐츠로 제작 보급도
꾸준히 해오고 있습니다. 또, 매년 이러한 사회공헌에 참여하거
나 연대한 자원봉사자 참여 작가 공연자들을 발굴하여 국회의원
유공 표창도 하고 있습니다.

전문예술단체 〈장애인인식개선오늘〉은 '사회적 가치 함양',

'제도개선', '학술' 등에 관한 포럼도 19년째 개최해 오고 있습니다. 이는 대전광역시·대전문화재단의 '장애인창작활동지원사업'의 성과임에 분명하며 타 시도의 롤 모델이기도 합니다.

그동안 중증장애인 발굴작가 140여 명과 창작집 84종(세종도서문학나눔우수도서8종 중소출판콘텐츠제작지원1종 우수출판콘텐츠제작지원1종 등) 84,000권을 배포하였으며 전국 국공립 도서관과 작은 도서관에 배포되어 장애인문학의 창의성, 대중성, 역사성을 바탕으로 장애인문학의 확산과 보급을 이어온 대전광역시·대전문화재단을 알리는데 일조하였습니다.

결국 이러한 성과는 지속성을 담보해야만 가능한 일입니다. 대전광역시·대전문화재단은 물론이고 사회적 가치를 위한 사회적 함의의 바탕은 시민 여러분입니다. 장애인문화운동이 곧 권익임을 인지해 주시고 응원해 주시길 바라며 참여한 작가들 그리고 함께 수고한 운영진에게도 진심으로 감사드립니다.

2023년 12월
전문예술단체 〈장애인인식개선오늘〉
대표 박재홍

'장애인', '장애인 부모', '장애인 가족', '여성', '다문화'를 일컬어 통칭하는 것은 '소수자'이고 그에 따른 소재나 문학적 형식을 빌어 쓰는 것을 '소수문학'이라고 할 수 있다. 나는 장애를 가진 아이를 자식으로 두고 있으니 소수자 문학인 그 안에서 산문이라는 형식을 빌어 쓴다고 할 수 있다. '장애'를 이해한다는 것으로 자기 고통이 백퍼센트인 이해당사자의 몫으로 치부하기 쉽다. 그러나 이는 국가와 사회구성원의 면피성 짙은 이야기에 불과하다. 나의 딜레마도 여기서 출발했다.

아들이 여섯 살 무렵, 1급 자폐성 발달장애라는 진단을 받았다. 모든 장애아를 가진 부모들의 질문처럼 왜 나에게 이런 일이라는 되물음으로 살아온 시간만큼 살아갈 날만큼의 현실은 가혹할 수밖에 없었다. 특히 장애를 가진 아이를 키운다는 것은 사회적 시선을 견뎌야 한다는 것을 알게 되었다. 아이의 정서를 위한 예술교육이나 문화예술의 향유는 엄두도 낼 수 없었다. 전문성을 가진 단체나 사회복지 기관도 없었다. 그뿐만 아니라 신체활동을 할 수 있는 기관은 대기를 타야 했다. 결국 아이를 위해 탁발하듯이 찾아다녔다. 장애인 교육기관은 현장이다. 열악하지만 아이를 받아주기만 해도 감지덕지였다. 나에게는 물질의 문제가 아니었지만 다른 아이들은 물질의 문제였을 수도 있다.

하루를 산다는 것은 목전에서 아이를 생각하는 마음이 전부였다. 그럼에도 불구하고 턱없이 부족한 것이 장애인 교육기관이었다. 그뿐 아니라 일부의 비장애 부모들은 막연하게 밀어내는 눈길에 힘이 들었다. 20여 년을 견디며 오늘에 이르렀다. 이러한 인식을 근거로 사단법인 〈반딧불이〉는 설립되었다. 만드는 과정도 아이를 키우며 오는 과정처럼 어려웠다. 하지만 장애를 가진 아이를 키우는 것만큼 어렵지만 혼자가 아니었다. 공동의 선을 위한 함께하는 사람들 공공기관 후원자들의 손길이 함께하는 세상이 있었고 노력은 그만큼의 보람을 보상으로 주기도 했다. 엷은 신앙심도 강해지고 신념이 되기도 했다. 올해 〈대한 민국장애인창작집 공모사업〉에 선정되어 수필집이 나오게 되었다. 이러한 나의 경험이 같은 현실에 놓여진 부모에게 작은 응원이 되기를 바란다.

　사회적 차별을 견디는 과정에서 빚어진 다양한 '오해'들은 나에게 목적이 이끄는 삶의 자양분이 되었다. 그런 점에서 수필집 『참 좋은 시절』이 이땅의 장애를 가진 아이를 키우는 부모들의 지향점을 알려주고 싶었다. 오늘이 축복이라는 것을 삶의 궤적을 통해 깨우친 소소한 이야기가 담겨 있을 뿐이다. 독자제현과 〈장애인문화운동〉의 근간에 인문학을 자양분을 삼는 전문예술단체 〈장애인인식개선오늘〉의 노력에 진심 어린 감사의 인사를 드린다.

2023년 겨울
박인선

차례

제1부

발원

1

"남동현 군은 1급 자폐성 발달장애입니다."

아들이 4~5세경 또래들과 다르다는 것을 알게 된 이후 진단 결과 1급 자폐성 발달장애로 판명되었다. 그때까지 나의 삶은 자칭 완벽을 추구하는 것을 자존심으로 알고 살아온 삶이었다. 그런 내가 느닷없이 장애아를 가진 엄마가 되다니, 장애인 가족으로 살아야 된다니 믿을 수가 없었다.

금쪽같은 내 아이가 장애를 가지고 살아가야 한다는 것은 하늘이 무너지는 일이었다. 아무렇지 않게 초롱초롱한 눈으로 어미를 쳐다보는 아이가 자폐라니, 하늘이 무너져 내렸고, 모든 장애 아이를 갖은 부모의 마음을 알기까지 한참의 시간이 흘러갔다.

아이의 이름은 남동현, 어릴 때부터 눈이 흑진주같이 예뻐서 지나가는 사람들이 한 번씩 만져보고 안아주곤 했었다. 지금도 커다란 눈망울을 굴리며 엄마가 전부라는 듯 쳐다보는 모습을 보면서 그 마음으로 살고 있다.

그 마음의 이면에는 내가 살아온 날 수 보다 살아갈 날 수가 짧다는 인식이 자리하고 있다. 나도 모르게 나에게 반문하듯이 '앞으로 엄마 없으면 우리 동현이 어떻게 살아갈래?' 하고 물어 보면 무조건 엄마의 품으로 달려든다. 아이는 직감하는 두려움 으로 품을 향해 달려드는 것이다. 저민 살갗에 소금을 뿌리는 것 같다.

시린 기억의 상처는 터진 살갗처럼 따갑게 동현이의 유년으로 환원되고는 한다. 동현이를 받아줄 학교를 찾아 몇 개월의 품을 팔았다. 정부의 사회복지제도는 아직이었다. 단계별 장애아동의 무상교육에 대한 매뉴얼이나 제도가 연결성이 없이 급조한 제도만 있었다.

결국 장애아동의 돌봄이나 교육제도 국가나 사회구성원의 공동책임의식이나 연대 혹은 개선의 여지가 없이 장애아동 개인의 책임으로 표류한 것이 사실이다. 동현이는 일상생활의 태반을 타인의 도움 없이는 한시 아니 반시도 힘든 아이다. 가끔은 누구든 붙들고 한바탕 눈물 바람을 쏟아놓고 구석구석 쌓여 있는 그 슬픔들이 다 녹아내리도록 울고 싶었다.

2

창문 틈 사이로 집 앞 가로등 불빛이 희미하게 새어 들어오고 있다. 새벽 4시, 이 시간이면 어김없이 남편과 나는 눈을 뜬다. 아직 아이는 내가 깨울 거란 걸 아는지 이불 사이에서 뒤척이고 있다.

아이가 학교를 다닐 나이가 되었을 때에는 용인에 특수학교가 없었다. 그래서 분당에 있는 학교까지 2시간 걸려 다녔다. 집에서 신갈까지 승용차로 가서 통학버스를 타고 등교를 하는 여정은 지난했다.

등교 시간이 두 시간씩 왕복 네 시간이 걸리니 어린아이가 몸이 힘들어 코피를 쏟기 일쑤였고, 그럼에도 불구하고 학교에 다니기 힘든 상황에서도 아이는 아침 일찍 깨우면 거의 자동으로 일어나 씻고 밥을 먹고 나서 학교를 향했다. 그때부터 아이와 나는 아침에 일어나면 아이 이름을 넣어 개사한 노래를 기상송이라 이름하고 불렀는데 일상에서 아이와 유대감이 깊어져서 좋았다.

30년이 넘도록 아이는 아침에 깨우러 방에 들어가면 언제나 먼저 손을 꺼내 툭 던져주며 기도가 끝나길 기다린다. 그리고 귀에 딱지가 앉을 엄마와 아들이 부르는 노랫말의 의미는 그렇게 되게 해달라고 하는 간절한 엄마의 발원문 소리이기도 했다.

3

실패가 두려워 아무 시도도 하지 않는다면, 실패한 것이 없어도
삶 자체가 실패다.

2007년 아이가 고등학교를 졸업했다. 졸업 선물로 입은 멋진 콤비로 셔츠와 청바지에 넥타이까지 매고 나서는 모습을 보니 마음이 출렁였다. 황홀하게 바라보는 나는 하염없이 웃음인지 울음인지 모를 표정으로 바라보았다.

졸업식장에서 선생님과 사진찍기에 바빴던 아이들과는 달리 동현이는 내 팔만 붙들고 서 있었다. 마치 엄마가 다음 액션을 해주길 기다리고 있는 듯이 눈만 말똥말똥 쳐다보고만 있었던 것이다. 서늘한 기운이 가슴을 훑고 지나갔다.

보통의 졸업식에서 비장애인 아이들은 부모, 형제, 자매, 친인척, 이웃 등과 함께 사진도 찍고 꽃다발과 선물을 받는 그동안의 답답했던 일상들이 해체되어 행복한 하루가 되었을 것이다.

더불어 상아탑에서 펼쳐질 미래를 향한 부푼 기대와 흥분을 안고 다양한 계획을 세우지만 우리는 아이는 정해진 시간의 성장판처럼 슬픔이 자란다. 삶의 처처에 노루목처럼 차별과 편견과 왜곡이 산재해 있는 것이다.

누구나 앞으로 나아가야 하는 시점에서 갈 곳이 마련되지 않은 중증 장애아이들은 정지된 시계처럼 그냥 멈춰설 수밖에 없는 현실 속에 차가운 세상에 매화 꽃망울처럼 뭉쳐져 있다.

이제는 선택의 여지없이 복지관이나 보호작업장에 들어가 경증 장애인 또래 아이들을 그저 부러움으로 쳐다볼 것이다. 그나마 갈 곳이 있다는 게 얼마나 큰 축복인지 알기에 더욱더 갈 곳이 준비되어 있지 않은 또래 아이들의 현실이 암담하기까지 했다. 어디라도 가서 있다가 만나야 할 텐데. 가족은 아침에 나가서 각자의 일에 충실하고 저녁에 만나는 것이 가장 큰 행복의 원천이라는 것을 배운 나로서는 막막한 그날이었다.

4

'장소의 변화는 우리 마음에 활력을 선사한다.'

1985년 1월 27일은 함박눈이 무던하게 내렸던 것으로 기억
된다. 용인과의 첫 인연은 그렇게 시작되었다. 잊을 수 없는 이
유는 그날이 바로 내 인생의 반려자가 된 남편을 처음 만났던 날
이기 때문이다. 그때부터 지금까지 38년을 용인에서 살아가고
있다.

용인은 둥지를 틀고 사랑을 하고 가족을 일군 제2의 고향이
다. 이제는 친정인 서울 길이 헷갈릴 때가 있을 정도였다. 첫 신

접살림은 마평동에다 차렸다. 서로 다른 세상에서 살다 가족을 이루고 산다는 것은 힘든 것이 사실이지만 다행이 금슬이 좋았다. 신랑의 외조로 만학의 꿈을 이루었던 곳도 용인이었기 때문에 나는 더 기억에 남는지 모른다. 물론 지금의 사단법인 〈반딧불이〉의 시작도 있었서 더더욱 의미가 컸다.

풍광이 좋아 가끔 답답하거나 생각할 것이 있으면 용인 주변을 드라이브 코스 삼아 즐긴다. 주로 다니는 코스 중에 하나는 곱든고개를 넘어 사암저수지를 조망하고 농촌 테마파크를 들러 유유자적하다가 원삼막걸리 양조장에서 백암 순댓국까지의 코스를 좋아한다.

요즘은 TV 켜기가 무섭다. 기후변화와 환경문제, 전쟁과 생태문제 인간 경시 풍조에 AI니 하는 세상은 내가 알지 못하는 용어로 뉴스를 도배하고 있다. 이미 내가 살아온 날 수보다 살아갈 날이 적다는 범주가 정해져 있기 때문에 나는 장날의 그 투박함에 기대어 사는 게 유의미하다.

내가 사는 오일장은 꽤나 유명하고 시끌시끌하다. 장날이 가까워지면 아이가 어떻게 아는지 '간장치킨' 어느 날은 '보쌈', '그릇'이라고 짧은 의사표현으로 자기가 내일 먹을거까지 엄마를 바라보며 챙긴다. 스스로 자기의 먹거리를 표현할 줄 아는 아이가 감사하다. 그런 날이면 나는 아이의 손을 잡고 시장으로 발걸음을 향하고는 한다.

기쁜 마음으로 사람들로 북적북적한 장에 나가서 단골 가게를 들러 아이와 내가 좋아하는 것을 골라 입에 물고 희희낙락하면서 돌아다니는 것은 어마어마한 힐링이다. 아이의 손을 잡고, 체온이 느껴지고 차분해진 아이와 가끔 눈을 마주치는 그 사람도 좋아하는 생기가 넘치는 삶의 현장인 것이다. 그 덕분에 나는 아침에 눈을 뜨면 늘 마음이 설렌다.

5

고운 내 딸, 고마운 우리 새얼이!

장애를 갖고 있는 동생 동현이를 초등학교 보내려고 할 때, 집
앞에 있는 서룡초등학교를 보내려고 하니 두 살 터울인 누나와
같은 학교를 보낸다는 것이 무척 망설여졌다. 대부분의 장애아
부모는 장애가 있는 아이와 비장애 형제를을 같은 학교에 보내
기를 망설인다. 그것이 이유가 되어 때론 유예시키기도 한다. 이
유는 또 다른 형제가 학교생활에 부담스러워할까 봐 그러는 것
이다.

한국사회의 한 단면이자 아픈 모습이기도 하다. 장애를 한국사회에서는 오랫동안 개인의 문제로 치부해왔기 때문이다. 이는 국가나 사회구성원들이 장애인에 대한 사회적 책임을 회피하기 위한 이유이기도 하다. 이러한 사회적 문제의 인과가 분명함에도 불구하고 개인에게 전가함으로써 장애인에 대한 사회적 상처가 대체적으로 가족으로부터 출발하는지도 모른다.

나 역시도 같은 마음으로 많은 고민과 작정 기도를 하던 중 큰아이에게 물어보았다. 큰아이인 딸은 엄마의 고민을 한순간에 날려버렸다. '엄마, 집 앞에 학교 두고 왜 멀리 보내려고 해? 나는 괜찮아'라고 어린 딸의 입에서 나온 말에 눈물이 났다. 한편 고맙고 다른 한편으로는 묻는 자체가 우문이어서 그랬다. 그때는 당연하게 보낼 수 있는 학교조차도 세상의 이목을 신경 써야 하는 당면한 현실이 못 견디게 싫었다. 살면서 누구에게도 아쉬운 소리를 하거나 폐를 끼치고 싶지 않다는 인식으로 인해 스스로를 견디기 힘든 시절이 지나갔다.

동생에 대한 배려심 많은 어린 딸은 일찍 어른스러워졌다. 동생만으로도 버거워하는 부모를 배려하느라 손을 빌린 적이 없었다. 생일이나 집안 행사 때 편지를 써도 동현이 이름을 같이 써 주었고 감정을 삭이는 엄마가 걱정하지 않도록 노력하는 딸의 모습들을 보면서 엄마가 마음이 저린 것을 알까 하면서도 미안한 마음이 더 앞섰다. 아빠는 아빠대로 속으로 예뻐하는 것이 진짜 사랑이라고 믿고 제대로 안아준 적이 없었다. 그럼에도 불구하고 아빠를 있는 그대로 사랑했던 딸이었다.

얼마 전 그러한 딸이 결혼을 했다. 나름 가정을 이루고 처음 맞는 큰 경사인데 딸은 결혼식조차도 혼자 알아서 다 준비하고 엄마는 아무 걱정 마세요. 제 결혼식에 가족이 참석하는 것만으로도 감사하고 있으니까 걱정 말라는 딸아이의 말에 할 말을 잃고 말았다. 나의 파랑새가 자기의 피앙세를 찾아 함께 둥지를 틀었다.

6

'내가 세상에 태어나 가장 잘한 일은 당신을 만난 것입니다.'

1985년 1월에 양가친척의 중매로 선을 보고 두 달 만에 약혼했다. 그때까지 만난 횟수는 약혼 당일까지 포함해 고작 세 번이었다. 그의 첫인상이 별로 마음에 들지 않았지만, 부모님께서 예비 사위에 대해 나름의 검증을 해보시고 만족해하셨다.

상대 쪽에서도 결혼성사에 적극적이었다. 주변에서 괜찮다고 하니까 큰 고민 없이 결혼을 결정하게 됐다. 우리는 1985년 4월 14일 결혼식을 올렸다. 당시는 결혼식 직후 뒤풀이 코스로 드라이브가 유행이었다. 우리는 자연농원(지금의 에버랜드)으로 드라이브를 떠났다. 하얀 원피스가 눈부신 스물다섯 신부와 스물아홉 신랑은 그렇게 추억의 한 장면으로 시작해 길고 긴 인생길의 동반자가 되었다.

결혼생활은 고되고 어려운 일들의 연속이었다. 누구나 겪는 경제적인 어려움은 소소한 행복들로 지우고도 남았다. 둘째가 1급 장애로 판정받고 나자 우리의 소박하고 잔잔했던 일상은 경험해 보지 못한 혼란 속에서 흔들리기 시작했다.

아이가 아프거나 아이에게 문제가 있으면 더러는 사이가 나빠져서 각자의 길을 가기도 한다고들 한다. 아이의 아픔이 곧 내 아픔이기 때문일 것이다. 어느 날 불쑥 찾아와 심장에 내려앉은 통증은 그대로 씻겨 내려가지 않는 얼룩처럼 남아 삶을 어지럽힌다. 나조차도 정신 차리기 힘든 시간 속에 내 상처가 너무 커서 내 앞에 서 있는, 가장 가까운 사람의 상처조차 보듬어 주기 힘들 만큼의 무너져 내리는 경험을 했다.

그러나 길다면 길고 짧다면 짧은 시간 동안 남편은 한 번도 힘든 내색을 보인 적이 없다. 내가 지금껏 안전하게 삶의 여정에 여기까지 온 것도 지나고 생각해보니 그의 덕분이다.

누군가를 견디면서 생태적 환경이 낯설음에도 불구하고 가장으로서 굳굳하게 함께해온다는 것은 참 커다란 축복이라는 생각이 든다. 우리를 아프게 하는 것은 이웃의 따가운 시선, 들릴 듯 말 듯 수군거리는 그들의 속삭임, 그리고 경험되지 않는 것에 대한 예단이 문제다.

그들은 이웃을 위하듯이 말하지만 사실은 스스로의 영혼을 병들게 하고 국가와 사회구성원의 책임을 전가하는 이기심과 무지의 근간이라는 것을 모르는 배제의 자세고 타자의 시선으로 왜곡시키는 반사회적이고 전통적인 이기심이라는 것을 모르고 있다.

부부는 삶을 살아가는데 있어 같은 곳을 바라보며 긴 여정을 떠나는 항해와 같다고 했다. 때로는 등대가 되어 주고, 돛이 되어 주며 그렇게 서로를 지탱하며 인생의 종착역을 향해 견디며 존중받는 귀한 존재임이 분명하다.

이제는 첫 만남부터 오늘에 이르기까지 한결같은 모습으로 든든한 나의 울타리가 되어 주고 있는 그가 함께한 세월만큼이나 '동지애'도 더 깊어 간다. 인생의 큰 고비 없이도 서로 의지하고 평화로운 노년을 함께하는 부부도 많을 것이다. 우리도 아마 장애가 있는 아이로 인하여 일찍 철든 어른이 된 것은 아닐까? 하는 반문을 한 적도 있다.

그가 나에게 전화를 할 때면 뜨는 명칭이 있다. 핸드폰에 전화벨이 울리면 "평생동지"라고 뜬다. 가끔 기도 중에 내어놓은 말이 있다.

'내가 세상에 태어나 가장 잘한 일은 당신을 만난 것입니다. 묵묵히 뒤에서 밀어주고 내가 홀로 일어설 수 있도록 지켜준 당신. 감사해요.'

7

쉽고 편안한 환경에선 강한 인간이 만들어지지 않는다. 시련과 고통의 경험을 통해서만 영혼이 탄생하고, 통찰력이 생긴다. 그때야 비로소 일에 대한 영감이 떠오르고, 마침내 성공이 찾아온다.

일은 사람이 하지만 성사는 하늘이 한다는 말이 있다. 아이가 발달장애를 가지고 있어 교육기관을 만들고 싶은 마음이 간절하게 있었으나 실행하기가 쉽지 않았다. 또, 지자체 예산확보가 녹록지 않은 경쟁과 기준이 쉽지 않았다. 이 글은 우리 단체 〈반딧불이〉의 설립과정의 이야기다.

2006년 8월 20일에 '2006 스페셜올림픽 한국대회'가 용인 명지대학교에서 열렸다. 스페셜올림픽은 지적발달장애가 있는 선수들이 참가하는 국제 스포츠대회로 운동능력과 사회 적응력을 높이는 것이 목적으로 발달장애인들의 체육문화활동 지원을 통해 그들이 지닌 재능을 사회에 증명하고 장애에 대한 사회의 인식을 바꾸며 장애인과 비장애인이 차별 없는 통합 사회를 만들어 가는 것이 이 대회의 목표이다.

당시 용인시 자원봉사센터의 업무를 총괄하던 이**팀장의 초대로 참여하게 되었는데 함께한 내빈실에서 용인시장님을 만나게 되었고 반딧불이를 알리는 계기가 되었다.

단체 소개를 하는 과정에서 비로소 〈반딧불이〉 정기예술제 행사 준비 등 운영에 필요한 예산 마련 등 단체의 어려운 상황을 알리게 되었다. 시장님께서는 감사하게도 귀 기울여 들어주셨고 지원에 필요한 부분에 대해서 건의서를 올리면 관계 부서에 검토해보겠다는 의지를 표명하셨다.

자원봉사센터의 도움을 받아 가며 부랴부랴 건의서를 만들어

비서실에 접수하고 돌아오는 길에 운명처럼 구내식당에서 점심 식사를 하시던 시장님과 마주치게 되었다. 시장님은 나를 알아보시고 건의서는 준비되었냐며 먼저 물어보아 주셨다. 그날(스페셜 올림픽대회)의 그 짧은 만남을 기억하고 계셨던 것이다.

  비서실에 접수하고 오는 길이라고 하자 점심 마치고 바로 들르라고 하셨다. 그렇게 검토를 마치신 시장님의 관심은 관계 부서의 회의로 이어지고 발달장애인의 문화예술에 대한 지원이 왜 필요한지, 현장의 사례와 가능성에 대해 검토하고 실질적인 지원책들을 논의할 수 있는 계기가 되었다. 아마도 그 당시 적은 예산이었지만 반딧불이가 예술제 준비를 위한 고정적 예산을 확보할 수 있었던 초석이 되지 않았을까 생각한다.
  그때는 지푸라기라도 잡고 싶은 간절한 마음이었고, 시장님의 입지나 공무원들의 곤란함 등은 생각할 겨를이 없었다. 현장에서의 애로사항에 대한 절박함이 무작정 매달리게 했던 것 같다.

  이런 현장성이 짙은 민원의 절박함은 소기의 성과로 이어졌다. 민·관의 협치는 가장 기본되는 국가의 근력이다. 우리의 노력은 어쩌면 당연한 것이지만 그 계기가 되는 일들은 원래가 내

것인 것은 없다. 그것은 밝은 곳을 찾아 끌어 올려주는 긍정적인
선한 영향력을 행사하는 후원자들의 힘이다. 그 후로 살림만 하
던 나는 행정서식부터 작성법까지 익히며 공모사업 신청과정을
현장성 있게 배웠다. 용인문화원 주**과장님의 가르침은 잊지
못할 것 같다. 이러한 경험은 삶을 일으켜 세운다는 사실을 겪었
던 장애 엄마로서 혹독한 세상의 경험기라고 할 수 있었다.

8

장애와 비장애인 모든 이들과 함께 호흡하는 詩人이고저

    지친 일상은 마음을 메마르게 했다. 그러한 일상으로부터 잠시라도 벗어나지 않으면 부서질 것 같았던 시기에 나를 구원해준 것은 다름 아닌 글쓰기였다. 그중에서도 시심(詩心)이라는 것을 알게 되었고 짬짬이 글을 썼다. 글쓰기는 나의 숨통을 트이게 해주었다. 글을 쓰다 보니 등단의 절차를 거치게 되었고 2006년에 월간《문학세계》시 부문 신인문학상으로 등단의 기쁨도 가졌다.

다시 일상으로 돌아가서 얘기를 하자면 아이가 자고 일어났는데 베개 시트에 노란 자국이 있어서 깜짝 놀라 귓속을 들여다보니 진물이 흘러나왔다. 깜짝 놀라서 면봉으로 닦아내고 이비인후과에 갔다. 고막에 구멍이 나서 그렇다는 것이다. 어디가 아파도 불편해도 말로서 표현을 못하니 얼마나 갑갑했겠느냐는 생각이 미치니 마음이 아팠다.

때로는 의사가 되어야 하고 대변인이 되어야 하는 엄마의 마음을 아는지 귓속에 약을 넣고 10분을 기다려야 한다는 말을 알아듣기라도 하는 듯 아이는 기다려준다. 약이 많아도 잘 참고 먹어주니 고맙고 감사할 뿐이다. 어느새 나이를 먹었다고 해야 하나 조금씩 타협이 통하고 주고받기도 하는 걸 보면 말이다.

동현이가 어릴 때 같으면 잠시도 몸을 가만히 두지 않고 움직여서 귓속을 볼 수도 없었을 뿐더러 소리 지르고 잡아 뜯는 등 함께 하는 모두가 한바탕 소동을 감수해야 했다. 온몸이 하이에나처럼 머리끝부터 발끝까지 성한 곳이 없을 정도로 상처로 얼룩덜룩했다. 여름이면 온몸이 진물이 흘러 붕대를 감고 살아야 했고, 조금이라도 상처에 딱지가 앉을라치면 어느새 후벼파고 딱지를 떼어내서 피가 뚝뚝 떨어지는 걸 무심히 보노라면 그렇게 아찔한 순간일 수 없다. 몸에 갑오징어 뼛가루를 도배하고 어서 새살이 나오기를 기도하는 때가 그 얼만지. 언제까지 마음 졸이고 살아야 하나 하고 낙심될 때도 있지만 그저 해맑게 웃고 있는 아이를 바라볼 때면 '그래, 이렇게라도 같이 웃자' 하고 위로를 하면서 살아왔다.

날벌레들은 무턱대고 앞에서 날고 있는 놈만 따라서 빙빙 돈다고 한다. 방향이나 목적지도 없이 다른 놈이 빙빙 도니까 따라서 도는데 빙빙 돌고 있는 바로 밑에다 먹을 것을 가져다 놓아도 거들떠보지 않고 계속 돌기만 하며 7일 동안 살다가 결국 떠난다고 한다. 이처럼 인생은 속도가 아니라 방향이다. 확실한 방향을 잡기 위해 새벽마다 나는 동일한 시간에 글쓰기로 SNS에 글을 올리고 자신을 훈련시키는 기회로 만들어 가야 할 길을 모색한다.

9

장애는 무능력의 근원이 아니다. 다만 보이지 않는 것과 보이는 것의 차이다.

세 살 때 시각장애인이 된 오정환 씨는 〈반딧불이〉 홍보대사다. 문화예술은 장애인들의 일상의 해방을 돕는 기능성과 문화 향유를 통한 사회통합을 위한 접점일 수도 있다. 시각장애인들이 영화나 뮤지컬을 볼 수 있다고 생각하는 사람은 없을 것이다. 그러나 시각장애인들은 더 잘 본다. 마음으로 보기 때문이다. 사례를 보자면 공연예술 체험을 여러 번 갈 기회가 있어서 돌아오는 길에 비장애인들에게 물어보면 듬성듬성한 기억뿐이다. 그러나 그녀는 하나부터 열까지 말로서 다 그려낸다. 세밀화를 보는 것처럼 무대 모양이 어떻게 설치되어 있는지 배우의 옷 모양이 어떤지 설명을 하고 있어 놀랐다.

장애를 모르는 사람들은 시각장애인이 무슨 영화, 뮤지컬을 보냐는 거다. 그럴 수 있다. 삶을 살아가는 사람들 중에 생존을 위해 시각장애인이지만 바느질도 하고, 피아노도 고치는 등 눈으로 봐야만 할 수 있을 것이라고 생각하는 일들을 해내는 장애인들이 우리 주변에 있다. 이들이 그렇게 역할을 수행할 수 있는 이유는 그들 주변에서 스스로 할 수 있게 안내하고, 반복해서 알려주는 교육을 통해서 가능할 수 있었다.

아직도 일부 비장애인들은 '장애인은 혼자서는 아무것도 할 수 없다'는 상당한 오해들을 가지고 장애인은 시설이나 지정된 장소에서 수용적 돌봄으로 이해하고 있다. 장애인인식개선 강좌로 찾아가서 이러한 문제로 질문을 해본 적이 있다.

어떤 초등학생에게 장애인이 뭐냐고 물었더니 '팔이나 다리가 하나 없는 사람'이라고까지 한다. 어린이들이 편견을 갖지 않도록 하는 것은 부모와 학교의 교육이 절대적으로 필요하다는 생각이 들었다. 장애인에 대한 편견을 없애기 위해서는 어려서부터 장애인식 교육이 반드시 필요하다. 다른 장애인의 경험담에 의하면 유치원이나 초등학교, 중학교 때가 가장 적응하기가 어려웠다고 한다. 왜냐하면 어린이들은 숨김없이 보고 느낀 대로 표현하기 때문이다.

어린아이들은 장난으로, 무심코 재미 삼아 한 행동이 장애인 본인에게 얼마나 심각한 열등감을 불러일으킬 수 있는지 일상에서 배움으로 익히도록 어른들이 가르쳐주지 않았기 때문에 더욱 알 수가 없는 것이다.

'장애'를 나와 다른 사람들이기에 차별하는 것이 아닌 나와 다른 차이를 가진 사람으로 인정하는 인식의 변화도 무척이나 중요하다고 본다. '장애'는 개인이 가진 수많은 특성 중에 한가지이지만 우리 사회는 '장애'를 가지고 있다는 이유로 그 사람의 전체를 인식하지 못하고 '장애인'이라는 프레임으로 인식하는 실수를 자주 범하곤 한다.

장애인에 대한 가장 큰 편견 중 하나가 전적으로 도움을 주어야 한다는 것이다. 비장애인들이 스스로 무엇인가를 해내고 싶어 하는 욕구가 있듯이 장애인들도 마찬가지다. 그들이 욕구를 표출하려 하면 비장애인들은 도움을 주어야 한다고 생각하는 것 같다. 물론 이 욕구를 자신이 실현할 수 없는 중증장애인이라면 정말 의도 그대로 '도움'이었겠지만 잔존기능이 있고, 수행능력이 있는 경증 장애인이었다면 이것은 다른 차원의 문제이다. 장애인들도 그들만이 할 수 있는 재능을 가지고 태어났고, 그것을 실현하고자 하는 욕구가 분명히 있다. 그것을 스스로 할 수 있도록 돕는 일이 우리 비장애인들의 역할이 아닐까 한다. 장애인은 여러 환경이나 신체적 여건으로 인해 다양한 분야에 대한 접근 조차도 쉽지 않고 경험해 볼 기회가 충분하지 못하다.

내가 겪었고 겪고 있으며 겪어갈 발달장애인들은 스스로 무엇인가를 하겠다는 의지가 부족하다. 반복해서 교육해야 하고 스스로 할 수 있도록 상당한 인내심을 가지고 지켜봐야 하는 중증장애인임에도 불구하고 외형적으로 신체가 건강하다고 하여 장애가 아니라고 생각하는 선입견을 많이 보았다.

그들의 삶을 구분 짓지 않고 사회구성원으로서 수용하는 것

존중하고 이해하는 것 타자로 보지 말고 배제하지 않는 사회 그것이 건강한 사회라고 할 수 있다.

10

'어떤 일이 주어지든, 누구를 만나든,

내가 할 수 있는 일은 최선을 다하고 진심으로 진실하게 하자.'

  현시점에서 소수자들을 위한 '해방운동'을 하는 것은 반추를 통해서 전지적 작가 시점으로 설명하는 것이 좋겠다. 30여 년 전, 남들 다 다니는 동네 유치원과 같은 조기교육 현장에서 장애아가 비장애아 교육 대열에 합류한다는 것은 상상하기도 힘들었다. 특히 교육 문제는 말로 표현하기 힘들 만큼의 좌절감과 절망감으로 일관된 성장통의 연속이었다.

우리 아이 남의 아이할 것 없이 대부분 교육기관에서 장애가 있다는 이유만으로 거부당했고 교육의 기회조차 얻기 힘들었다. 이것은 그때나 지금이나 별반 다를 것이 없는 장애인의 교육현실이다. 일부 부모들은 극단의 선택으로 결국, 내 아이를 직접 가르치기로 마음먹기도 한다. 뿐만 아니라 장애아들은 문화활동, 심지어 운동을 가르치려 해도 가르쳐주는 곳을 찾기가 쉽지 않다. 사교육비에 대한 이해나 불평등을 조장하는 부조리보다는 내 돈 주고 가르친다고 해도 모두들 꺼려하는 것이 현실이다.

　　또, 그런 곳에서 교육을 받는다 해도 콩자루 속의 콩처럼 비장애인 속에서 이방인마냥 겉돌기 일쑤일 수밖에 없다. 장애아이가 말조차도 다르게 하니까 다른 학부모들이 '쟤 때문에 안 보내고 싶다'는 뉘앙스의 표시로 지속적인 교육이 이어질 수 없는 상황에 몰리게 된다. 결국 이러한 현실적 문제로 인하여 살림하던 내가 〈반딧불이〉라는 단체를 만들어 활동하게 되었고 오늘에 이르게 되었다.

　　처음에는 강의실도 없었다. 우리 아이를 비롯해 몇몇 아이들을 데리고 수업을 해보자는 취지였다. 주변에 있는 문화예술활

동을 하는 지인들에게 도움을 요청했다. 선뜻 해보자는 합의가
이루어졌고 그것이 〈반딧불이〉의 시작이었다.

　서로의 체온을 느끼며 한마음으로 모여 남의 사무실 한쪽 구
석에 책상 하나 놓고 풍물 수업을 하고, 문예회관을 찾아가 합창
수업도 하고 노동복지회관에서는 미술 수업인 수묵화를 지도받
았다. 악기도 없어 어린이집에서 악기를 빌려 쓰고 수업이 끝나
면 다시 가져다주기를 수없이 반복했다. 지금 생각하면 헛웃음
이 날 정도로 열정만 있던 시기를 지냈다. 시작은 4~5개 프로
그램으로 시작해 2006년 넓은 공간으로 이전하여 사무실, 강의
실, 연습실이 생겨나기까지 지난한 시간이었지만 돌이켜 보면
노력과 성취가 있어 참 좋은 시절이었다.

11

'처음에는 내가 습관을 만들지만, 나중에는 습관이 나를 만들어 가니 습관의 힘이란 굉장하다. 나도 모르게 생각보다 습관이 먼저 나옴을 알고 좋은 습관은 잘 지켜나가고 나쁜 습관은 뿌리를 뽑을 일사각오의 마음으로 다잡는 하루하루는 소중하고 감사하다.'

아프리카 아이들은 먹을 것이 앞에 놓여 있더라도 절대 혼자 독식하는 법이 없고 서로 손에 손을 잡고 같이 함께 나누어 먹는다고 한다. 그들은 상대방을 배려하며 우분투(Ubuntu : 남아프리카 줄루족의 인사말로 '네가 있어 내가 있다' 라는 뜻)를 입에 달고 더불어 사는 삶을 입버릇처럼 말한다. 행복을 함께 나누는 〈반딧불〉을 꿈꾼다. 이는 주인의식의 또 다른 표현이기도 하다.

주인의식의 운동성은 강하다. 매주 토요일이면 점심을 먹고 나서 다음 수업까지 30분 정도 시간이 있다. 이때 아이들과 시간 약속을 하고 열린교실에 모여 필요한 공지사항을 전달한다. 전달하는 내용은 그때 그때마다 다르다. 매주 세 가지 정도로 요약해서 알려주고 다시 확인을 해 준다.

장애인 교육은 반복학습이 정말 중요하다. 다시 물어보면 맞추는 아이들도 있지만 머뭇거리는 아이들도 있다. 그래도 여러 번 반복한다. 때론 노래자랑도 하고 박수를 유도하여 성취감으로 정체성 극복을 돕는 행위 중 하나다.

발달장애 친구들이 시설에 오면 제일 먼저 휴대폰을 선생님께 맡기고 수업 끝나고 집에 갈 때 찾아가는 것을 서로 약속하고 규칙을 정했다. 또, 도움을 받아야 하고 줘야 할 땐 서로의 의견을 물어서 일방적인 행동이 되어서 불편감을 주지 않게 하고 상대를 존중하는 마음을 키우기 위함이다. 다음은 부득이하게 결석

할 이유가 있으면 꼭 사전에 이야기하기로 하자고 하니 아이들도 좋다고 박수를 쳤다. 책임감을 심어주기 위함이다.

오늘 계진이는 '선생님, 제가 칼럼바를 너무 열심히 해서 손톱이 마모되고 손톱 밑에 피가 날 거 같아요'라고 말하는 바람에 다들 웃음이 빵 터졌다. 그만큼 프로그램에 진심인 아이들이 참 고맙고 감사하고 행복하다. 그뿐 아니다 전문 상담 선생님에게 개인적 고민을 의논하기도 한다. 이러는 와중에 쉬는 시간에 친구들과 이야기를 하던 한 아이가 갑자기 울어서 왜 그런지 알아보니 '난타를 너무 하고 싶었는데 반디스틱 오디션에 떨어져 낙심하고 있는데 누군가 놀려서 그랬다고.' 한다. 또, '오늘이 그날이기도 하고 여러 가지 마음이 겹쳤는데 그 말에 폭발했어요'라고 이야기를 하면서 다음부턴 조심하겠다는 말을 한 아이도 있다. 이렇듯 다양한 욕구 일상에서의 다변성을 상담 선생님이 없다면 생각만 해도 악몽이다. 꽃처럼 말하는 아이에게 따뜻한 자양분을 뿜는 긍정의 햇살이 가장 좋은 학교의 자산이라고 배우게 된 시간이었다.

12

'아이가 학교 가자고 깨우면 안 일어나는데 토요일이면 새벽부
터 일어나서 반딧불이 갈 준비를 해요.'

모든 직장인들은 주말에 달콤한 잠의 쾌락에 함몰될 수밖에
없다. 매달 둘째, 넷째 주 토요일 아침은 어느 날보다도 더 부산
스럽다. 아침부터 아이들의 웃음소리가 상쾌하게 멀리서 들린
다. 이때 나는 살아있다는 충만함에 포항 구룡포 바다에서 뛰어
오르는 고래의 울음소리를 생각한다.

학부형 한 분이 내게 들려준 말이 떠올랐다. '아이가 학교 가

자고 깨우면 조금만 더 자겠다고 해서 정신이 없는데 토요일이면 〈반딧불이〉에 데려다 달라고 새벽부터 성화를 한다'고. 나도 아이가 같은 처지라 우리 아이도 그래서 힘들어요 하며 웃고 말았다. 대개 발달장애 아이들은 규칙적 루틴에 길들여져 있어서 본능적으로 패턴이 깨지는 걸 싫어한다.

2006년부터 현재까지 야외체험활동을 하는데 이는 비장애인에게는 봉사와 더불어 장애인에 대한 편견을 줄이고 함께 살아가는 사회적 함의를 인식시키는 계기를 만든다는 것을 알게 되었고 현장이 얼마나 소중한지를 배우는 시간이었다. 대체로 체험은 문화체험과 자연체험을 위주로 진행을 하였다.

가방을 둘러메고 집결지에 모인 모두가 낯설었지만, 차츰 시간이 지나가면서 반가운 얼굴들로 서로를 반겼다. 장애, 비장애 구분이 모호해지는 시점이기도 했다. 유적지를 탐방할 때는 우리 아이들에게는 어렵고 지루한 감이 있지만 알지 못했던 새로운 세계를 알려주게 되어 흐뭇한 시간이었다. 여러 유적에 대한 설명을 비롯해 구간마다 그냥 지나쳐 버리는 것 없이 이마에 땀을 씻어 가며 설명하시는 해설사 선생님을 따라 오늘의 이 시간이 많은 기억으로 담아 가겠구나 하는 생각을 했었다.

오늘을 견디는 사람들에게는 일상에 대한 묵상이 중요하다. 용인문화원의 지원을 받아 체험활동을 나가던 날이었다. 버스를 타고 가던 중에 고려의 충절 포은 정몽주 선생의 묘소를 둘러보며, 정몽주 선생에 대해 '아는 사람'하고 물으니 한 아이의 대답이 '죽은 사람'이요 라고 당당하게 그리고 자신 있게 말하는 바람에 함께한 우리 모두 한바탕 웃어젖혔다. '맞다. 그는 죽은 사람이다' 누가 저 친구를 장애인이라고 부를 것인가.

또 한 번은 문화체험 중에 쉬는 시간에 네 잎 클로버를 찾으면 밥 두 그릇을 주겠다 하니 아이들은 뿔뿔이 흩어져서 풀밭 사이에 엎드려 신나게 탐험을 즐겼다. 시간이 흐르고 더워서 그런지 한 녀석이 꾀를 냈다. 선생님, '여기 있어요'라고 세 잎 클로버에 따로 한 잎 보태 내미니까 한결같이 곁에 있던 아이들이 모두가 똑같이 세 잎 클로버에 한 잎 보태서 내밀어 결국 모두가 밥을 두 그릇씩 먹으며 신나는 하루를 보냈다. 녀석들 그날은 초저녁부터 실신하듯 잠을 청했을 게 뻔했다.

또 한 번은 도미노 피자와 해피빈(온라인 기부 포털사이트)이 함께
한 문화체험이 있었는데 그날 새벽에 강한 바람과 함께 비가 내
리고 있었다. 문화체험이 있는 날이기도 하고 피자 파티가 있기
도 한 날로 피자 파티에 선정되고 아이들이 좋아하는 피자를 먹
을 수 있게 됐다는 안도감과 뿌듯함에 얼마나 설렜는지 모른다.
그러나 희비는 항상 신이 주신 교훈이었다.

새벽부터 내리는 비를 보면서 더 이상 계속 비가 오지 않기를
바라는 중에 아이들의 얼굴이 지나쳤다. 비가 오는데도 가느냐
는 전화를 받으면서 비 오지 말라고 했으니까 걱정 말고 시간 맞
춰 나오라고 아이들에게 연락하고 아이들과 만나는 시간이 가까
이 다가올 즈음부터 다행히 비가 그쳤다. 문화체험을 하는 시간
내내 비가 오지 않아 더운 여름임에도 선선하니 최적의 날로 기
억될 수 있었다. 이제는 우리 아이들은 비가 와도 우리가 움직일
때마다 비가 그치는 것을 하도 많이 봐서 걱정을 않는다. 되려
봉사자들이 비가 오는데 가느냐고 걱정스럽게 묻는다.

자연체험 시간에 길에서 주운 나뭇잎으로 손수건에 숟가락으
로 두드려 나염을 하는데 밖에서 들으니 따발총 소리 같았다. 숟

가락으로 두드리는 소리가 얼마나 경쾌하고 요란하던지 그저 웃음이 났다. 그리고 이어서 피자 파티가 벌어졌는데 아이들의 함성소리와 함께 게눈 감추듯 입으로 들어가는 모습을 보면서 부모들이 아이들 먹는 모습만 봐도 배부르다고 한 말이 실감이 났다. 또 하루가 감사하게 흐르는 생의 비늘 한쪽이다.

야외활동과 체험활동은 왕성한 발달장애 아이들에게는 땀과 근력형성을 위한 운동이 되기 때문에 자주하려고 노력하지만 자원봉사자나 지도 선생님들은 지치고 땀이 범벅이 되어서도 아이들의 머릿수를 한 시간에 열두 번은 헤아려야 하는 초긴장 상태가 되기 때문에 쉽지 않다. 이러한 고집은 〈반딧불이〉와 20년을 하루처럼 산 나는 고슴도치 사랑을 배운 것이다.

13

'한줄기 빛이 프리즘을 통과하면 화려한 광채를 띠며 일곱 색의 빛으로 분산된다.' '장애인과 비장애인이 함께 높은 장벽을 넘어 지역사회의 무지개 같은 아름다운 세상이 되기를 꿈꾸어 본다.'

어릴 적 무더운 여름이면 땅거미 진 시골집에서는 보기 드문 진풍경이 펼쳐지곤 했다. 칠흑 같은 밤, 개울가에 부서진 별이 반짝이면 어느새 나타나 소리 없는 군무를 펼치던 반딧불이. 깜깜한 밤하늘을 노란빛으로 수놓던 그 모습은 짧은 한여름 밤의 즐거운 추억이 되곤 했다. 하지만 언제부터일까. 여름이면 세상을 총총히 빛내던 반딧불이는 점점 찾아보기 힘들어졌고, 이제는 아련한 향수로만 남아 있다.

　가슴 한쪽에 아로새겨져 있는 따뜻한 흙냄새가 나는 밭두렁, 밥 짓는 냄새, 멀리 어머니가 부르는 소리… 그리고 반딧불이. 지금은 영화나 TV에서나 간혹 볼 수 있을 정도로 귀해졌지만, 오래전 여름밤이면 마을 이곳저곳에서 반짝거리며 우리의 유년 시절을 환상적이고 유쾌한 동심으로 이끌었다.

　실제로 반딧불이가 살아갈 수 있는 공간은 사람이 살기에도 매우 적합한 곳이며, 반딧불이가 살 수 없는 곳은 사람이 살기에도 부적합한 곳이라 한다. 반딧불이가 살아갈 수 없는 곳이라면, 그다지 좋은 환경은 되지 못하는 것이 현실이다.

　'코이'라는 물고기가 환경에 따라 성장에 차이를 보이듯, 사람도 환경 혹은 생각에 따라 얼마든지 삶이 바뀔 수 있듯이 생각의 힘으로 타고난 환경을 이겨내는 것이 우리가 담은 생각의 크기에 따라 미래가 바뀌기 때문이라 생각한다. '큰 숲 사이로 걸어 가니, 내 키가 더욱 커졌다'는 말처럼 어떤 크기의 꿈을 꾸느냐에 따라 인생도 달라짐을 믿고 긍정적 변화로 노력하고자 한다.

유년에 동네 어른들과 아이들은 공동체적 사회에 가까웠다. 지속가능한 사회적 기능이 취약계층이나 장애인들을 이해하는 폭이 큰 제도와 사회적 합의를 통한 사회공헌이나 공동체적 이웃의 기능을 확대했다면 얼마나 좋을까 하고 생각한 적이 있다.

장애를 가진 아이들이 자신의 삶을 스스로 결정할 수 없고 누군가의 도움을 받아야 한다. 국가의 사회적 책임을 마땅히 강화해야 하고 다양한 경우의 모델이 필요하다. 여기에 지역 일자리와 생산성을 담보한 경제적 성과를 동반한다면 장애인이나 소수자들의 편익을 제공하는 것을 하지 말라고 해도 할 것이기 때문이다.

이렇게 되면 장애인들이 살기 편한 공동체 세상이 소수자인 장애인이나 여성이나 아동 그리고 취약계층은 물론 노약자의 지역적 돌봄 시스템이 가능할 것이다.

타자의 시선보다는 주도적 삶을 사는 주체적 자기 결정권을 가진 장애인으로 성장할 수 있는 사회는 공동체의 문제를 해결하는 열쇠일 것이다. 그러기 위해서는 배려와 이해 존중이 필요한 사회로의 사회적 합의의 지향점을 가지는 것이 좋다. 이럴 때

공통의 언어가 문화예술이었으면 한다.

　뉴욕 한가운데에서 BTS 정국의 공연을 보러 날을 새는 아미들의 군집을 보라 우리의 흥이 전달되어 모국어가 떼창으로 나오는 변화의 시대를 살고 있는 지금 우리가 못할 것이 무엇이겠는가 라고 되묻고 있다.

14

한 발자국씩 천천히 황소처럼 한 걸음씩 누가 알아주지 않아도
그렇게 걸어간다. 황소는 아무리 급해도 한 발자국씩 걷는다.

장애인의 삶의 질을 향상시키는, 근본적으로 변화시키는 운동
성을 갖는 가장 최소단위의 행위가 비장애인에게는 자원봉사일
것이다. 자원봉사는 습관이 제일 중요하다. 일상이 배려와 이타
적인 마음이 있을 때 가능한 것이다. 또 자기가 참여하는 단체나
기관의 활동 목적이나 운동중심의 목표가 무엇인지 이러한 사회
적 가치를 위한 사회적 함의는 결집을 보고 참여할 필요가 있다.
이러한 성장이 아직 부족한 것은 서구 선진사회처럼 장애인을

위한 자원봉사의 모적이나 주체 유형에 관련된 명확한 합의된 개념이 없기 때문이다.

단체를 운영하는 입장에서의 일상의 변화는 찾기 어렵다. 집에 있을 때보다 반딧불이에 있는 게 더 좋아서 새벽이면 출근한다. 출근해서 그날 하루 일과와 일정을 점검한다. 수업이 있을 때는 학생들의 안전한 등하굣길을 위해 12인승 승합차 운행도 하고 간식을 챙기기도 하고 먹는 아이들을 보살피기도 한다. 좋아서 하는 일은 몸은 힘들어도 마음은 열정이 가득한 나는 열정폐인이 맞는 것 같다.

성공한 사람들은 성공할 수밖에 없는 좋은 습관을 많이 가지고 있다는데 나는 긍정적이라기보다는 열정과 성실함에 떠밀려 적극적인 사고를 하는 사람이다. 어릴 때부터 자라온 환경이 그러했다. 이는 장성해도 그닥 변하지 않는 것이 사람인가 보다.

더불어 산다는 것이 나에게 선물처럼 강한 임팩트를 준다. 자원봉사자들이 봉사활동을 오면 청소나 빨래를 해주는 것도 좋지만 그들에게 진정 원하는 것은 경험에서 빚어진 배제와 타자의 시선이 아니라 참여와 주체적 인식이다. 장애인도 사회적 구성원이고 눈을 마주치고 구성원의 함의를 도출하기 위해 참여시켜야 하는 주체로 인식하기를 바라는 것이다. 집 앞 문턱을 나서는 그 순간부터 차별이 시작된다. 아니 어쩌면 가족으로부터도 차별은 시작된다. 이러한 차별로 인한 상처는 '공동체의 진심'과 '행동' 밖에 없다.

15

삶이 걸어온 길, 눈길은 웃음 참으며 목련 핀 뜰 거니네.

오늘날 AI와 기후문제 환경 생태문제는 이미 남의 일이 아니다. 장애인의 이동권 문제를 해결하는 운동단체들은 전근대적 자선을 배격한다. 또, 자선에 치중하여 제도적 구조적 접근을 세력화하는 등의 분포에 대한 다양한 목소리를 내고자 하는 단체들이 많다.

그러기 위해서는 다양한 세력들이 표방하는 이론도 살펴봐야 하고 장애인 시설에 대한 수용과 격리의 문제를 자립생활 모델,

정상화이론, 사회적 모델 등을 감안해 만들어야 할 것이다. 소위 선진국 이론들이 수입되어 필요한 제도에만 이식되어 괴물이 된 우리나라 사회복지 체계에 대해 대폭 수정하여 독자성을 갖는 것이 필요하다.

이러한 한국 장애인 운동을 일관된 하나의 준거틀로 보여주는 모델링이 필요하다. 장애인들의 재활과 직업체험을 위해 꽃차를 판매하여 수익 창출을 통해 건립기금 마련을 위한 운동을 한 적이 있었다. 의외로 꽃차 만드는 과정은 재미도 있다.

꽃차를 말리는 과정은 꽃봉오리가 살짝 고개를 내밀 때 솜털이 보송보송한 겉껍질을 벗겨내고, 오므리고 있는 꽃봉오리만으로 꽃잎 한 장 한 장 떼어 따뜻한 방에 한지를 깔고 정성스레 말린다. 한지를 깔고 말리는 작업에 숨 한번 쉬고 고르기를 한다. 목련꽃 잎은 꽃잎이 한 방향으로만 있는 것이 아니라 서너 장 뒤에는 반대 방향으로도 있어서 벌레나 나쁜 것들이 끼어들지 못하는 자연의 모습에 감탄한다. 그렇게 목련꽃 잎은 최대한 체온이 닿지 않게 말리는 것이 최선이다. 아시다시피 목련꽃은 검게 퇴색되면서 지기 때문에 손의 열이 전해지지 않게 서둘러 정리

한다. 여러 날 잘 말린 목련꽃 잎은 노란 개나리를 연상시킨다. 차로 우려먹으면 얼마나 속이 편안한지 모른다. 목련 꽃잎 차에 집중하는 이유는 건립기금 마련을 위한 온 마음의 노력이다. 매년 4월이면 목련 꽃잎을 따서 건립기금을 위해 부지런한 몸놀림을 한다. 목련나무가 있는 지인들은 꽃잎을 따가라는 배려를 해 주신다. 그 덕분에 적은 금액이지만 해마다 통장에 잔고가 쌓일 때 우리 반딧불이의 꿈인 공동체 건립의 미래가 한 발짝 더 가까이 다가오는 것 같아 신이 나고 행복해진다.

우리는 장애인 이해당사자의 직업 롤 모델을 찾는다. 이웃들이 무형, 유형 참여를 유도하고 이해당사자가 스스로 이익을 창출하고 일상생활에 적응하도록 돕는 첫걸음을 시작한 것이다.

제2부

보이지 않는 손

16

언제나 준비된 사람은 다가올 일에 두려워 하지 않는다.

경기문화재단 홈페이지에서 해외문화 공간 연수 공고를 보게
되었다. 일본에는 장애인 문화예술 공간이 어떻게 구성되어 운
영되는지 궁금해서 〈반딧불이〉 단체의 비전을 위해 참여해 보고
자 신청했고 선정되었다.

소위 선진장애인시설 견학에 장애인 관련 관계자 16명을 선
정해 4박 5일 동안 일본 도쿄의 톰갤러리를 비롯 요코하마의 아
트카렌과 아트라보, 나라의 하나아트센터 등 일본의 장애인 문

화예술 공간을 답사하는 연수였다.

나리타 공항에 도착했다. 첫날 방문의 시작은 시각장애인을 위한 전문 사립 박물관인 'TOM 갤러리'였다. 시각장애인이 눈으로 보고 귀로 듣지 못하는 것들을 직접 만져봄으로써 질감을 느끼고 작품을 이해할 수 있도록 하는 전문 갤러리이다.

'TOM 갤러리'의 창설자인 '무라야마 아또'의 아들이 시각장애인이었다. 아들이 어느 날 "우리 시각장애인들도 로댕을 볼 권리가 있어요!"라고 소리치는 말에 자극을 받아 시각장애인을 위한 미술관을 세우게 되었다고 한다. 자식을 향한 부모의 마음이 똑같거나 실천하는 힘은 예외 없이 강렬했던 느낌이었다.

'TOM 갤러리'의 전시회를 찾은 시각장애인들은 처음으로 만지는 것으로 색을 분별하고자 한다. 촉감으로 색을 분별한다는 말이 인상적이었다. 뿐만 아니라 그리면서 옆에서 작품에 대해 이야기하면서 시각장애인이 마음으로 작품을 음미할 수 있도록 표현을 돕는다. 일반 예술가들이 참여해 만든 작품이지만 시각장애인들이 작품을 만지며 감상할 수 있도록 해주는 게 이색적이었다.

다음날에는 요코하마 '아트카렌'과 문화예술과 호흡하는 사람들이 있다는 '아트라보'를 방문했다. '아트카렌'은 시설의 전 면적 8평은 작업 공간으로, 12명의 사람들이 있으며 사회참여와 자립, 꿈과 희망을 실현하는 것을 목표로 활동하고 있었다. 또, '아트카렌'과 같은 소규모 지역 작업소는 장애가 있는 사람들이 주체성을 가지고 활동할 수 있도록 하는 훈련이 중심이고 일일 생활 장소이다.

지역에 밀착해 자연스럽게 어우러진 모습으로 활동하며 지역과 소통할 수 있도록 장애인들의 자립을 돕는 곳이라 할 수 있다. '아트카렌' 멤버는 약 10대에서부터 40대까지의 사람들로 '아트카렌'을 이용하며 각 사람의 경험, 희망을 함께 고려하고 한 사람 한 사람과 대화를 시도하고 일상 프로그램을 조직해 운영하는 방법이 특이한 기관으로 회화, 수직, 종이접기 등의 제작 활동과 함께 갤러리 전시기획, 운영을 하고 있었다.

'아트라보'는 아티스트가 운영하는 곳으로 주로 아트프로젝트

중심이다. 아트센터는 작지만 벽면을 갤러리, 장식대는 샵으로, 테이블은 아틀리에로, 기자재가 있으면 음악 스튜디오 등으로 다양하게 사용하고 있었다.

주로 카페, 파티. 연구모임을 개최하는 다목적 공간으로 활용하고 있었다. 이곳에서는 '만들었다' 또는 '만들지 않았다' 식의 완성된 결과를 예술이라고 생각하지 않고 관찰하는 방식을 조금 바꾸어 생각해 보도록 함으로써 '창조적인 것을 일으킬 수 있을지 모른다' 는 상황과 프로세스를 진정한 예술이라고 생각하고 이를 실천하고 있었다.

'아트' 라는 키워드를 바탕으로 모여드는 사람들의 목적과 목표는 다르지만 다양한 예술과 생활, 그리고 새로운 발견과 만남을 추구하는 것이 모두 동일하다. 조금 시점을 바꾸어 세상을 바라볼 수 있는 방법에 관심을 갖고 특별한 활동을 해나가고 있다.

또 하루가 밝았다. 공방 '라마노' 를 갔었는데 일반 취업이 어려운 사람들이 일할 수 있는 장소로 천연소재를 사용하여 보기에 좋고 사용하기 좋은 염색물과 직조품을 만들어 많은 사람에게 전달하고 있다.

'라마노'는 스페인어로 손을 말한다고 한다. 이름이 나타내는 것과 같이 손수 만든 즉 수제품을 만드는 것이 이곳의 특징이다. 공방에서는 천연재료를 사용하여 염색 및 직조 작업을 중심으로 풀과 나무로 염색한 머플러 또는 숄, 염색한 티셔츠 등 개성 있는 제품을 만들어 내고 있었다. 여러 사람이 가벼운 마음으로 방문하기 편한 공간이 되는 것을 목표로 연간 2회 염색 직조물 전시회를 열고, 누구든지 참여할 수 있는 염색 교실, 부모님들의 염색체험 등의 프로그램을 진행하고 있다. 대체로 제대로 만들어진 제품들로 질이 좋아 사람들에게 인기가 많다고 한다.

마지막 날에는 '하나 아트센터'로 캔버스에 그림을 그리는 사람들이거나, 흙으로 물건을 만드는 사람, 실을 염색하여 천을 만드는 사람, 상품을 포장하는 사람, 방문객에게 커피를 대접하는 사람, 음악에 맞추어 춤을 추는 사람, 컴퓨터로 회계처리를 하는 사람, 라디오를 조작하는 사람, 즐거운 모습으로 대화하는 사람, 모두 다른 호흡, 리듬으로 활동하고 있었다. 장애인들이 활발하게 활동하기 위한 거점을 만들고자 장애인과 그 가족, 그리고 이러한 활동에 공감하는 시민들이 일어나 꿈을 실현시킨 것이다. 이는 현재를 살아가는 사람들의 표현, 장애인들의 표현 속에서 인간의 가능성을 찾고 그것을 바탕으로 창조적인 사회의 구성원으로서 성장할 것을 목표로 하고 있다. 여기서 〈반딧불이〉의 모형을 찾은 것 같았다.

17

언제나 준비된 사람은 다가올 미래에 흥분하고 있다.

발달장애나 지적장애인들은 사회성이 떨어진다고 생각을 하는 것이 보편적이다. 또 어찌 보면 그럴 수 있다고 생각이 들 수 있다. 하지만 선진사회를 견학하고 나서 생각이 바뀌었다.

국가나 사회가 책임지지 않는 공동체 사회는 미래가 없다는 것이다. '장애'는 '국가'나 '사회'의 공동책임이다. 사회구성원들이 이러한 책임을 개인의 문제로 면피할 생각에 돌리고 나면 장애인은 아무것도 할 수 없는 그저 무능하다는 인식이 맞을 것이다.

공기관에서 이러한 견학을 주선하고 개인이나 단체 공기관 담당자들이 일본 선지지 견학을 통해 문화와 이 사회 변화의 중심임을 알 수 있는 인식 변화를 일으킨 자극을 받은 것이다.

오랜 역사적 사실에서 찾아볼 수 있듯이 우리 민족은 국가적 위기를 공동체적 저력으로 극복해 왔다.

일본 견학은 장애인의 생산성을 어떻게 성장시키는지 익힐 수 있는 배움이었다. 이제 어떤 가능성을 성장시킬지에 대한 관심과 재능있는 장애인의 발굴 그리고 제도적 지원을 통해 특화시킬 것인지 방법적이고 기술적이고 제도적 개선을 요하는 센터의 설립의 방향을 꿈으로 갖게 되었다.

거버넌스 구축은 지역의 생산성을 답보하는 것으로 사회적 가치와 사회적 함의를 동시에 요구하고 사회공헌을 통한 다양한 기업들의 참여가 필요하다. 사회는 장애인을 사회문제로 취급했지만 선진사회에서는 국가와 사회적 문제로 인식하였다. 이를 해결하는 방법으로 문화예술을 통한 지원, 교육, 판매 등에 따른 사회구성원의 참여를 독려하고 유도하였다. 이는 사회적 문제를 의식 변화로 인식 사회적 가치 추구를 위한 사회적 함의의 도출을 통해 전환을 했다.

다양한 세대의 자원봉사자와 사회기관이 적극적으로 활동에 참여하고 있다. 전람회 및 출판, 세미나, 워크숍 등을 통한 계발을 위해 노력하고 있으며 관련된 사람들의 경험과 기억, 새로운 발상과 프로그램, 국내외에 널리 네트워크를 만들어 가고 있다는 점이 주목할 만하다. 어떤 것이 좋고, 어떤 것을 직업으로 할 것인가, 또는 무엇을 인생의 목표로 할 것인가. 일본의 장애인 문화는 장애와 비장애인을 구분하지 않고 모든 사람에게 자기 존재의 주체성을 찾기 위한 공간이며, 인생을 위한 자기 탐구의 장이었다.

미취학 어린이들에게는 놀이터가 되며 장애아이들의 방과 후 체험의 장이기도 하다. 또한 고령의 노인들에게는 노래교실이기도 하며 지역의 중고생들에게는 배움의 장이었다.

장애인 문화예술기관을 방문, 우수시설을 직접 체험함으로써 지역과 장애, 예술과의 중요성을 깨닫게 되었다. 우리도 지역 공동체 속에서 함께 살아갈 수 있는 사회로, 장애가 있는 사람들도 열정과 희망으로 발전해 나가길 소원하게 되었다.

18

간장 종지에 설렁탕을 담지 않고, 설렁탕 뚝배기에 간장을 담지
않듯 버섯이 아무리 고와도 화분에서 기르지 않는다. 자기 인생의
자리를 소중히 여기고 있는 자리에서 분별있게 행동하는 하루.

마음에 품은 소망 하나를 키운다. 부지를 확보해 신축만 고집
하지 말고, 요소요소에 적합한 건물을 매입, 리모델링으로 사용
한다면 이른 시일 내에 가능하리라 본다. '한 아이를 키우기 위
해 온 마을이 함께 해야 한다'는 인디언 속담처럼 장애가 있든
없든 아이들을 잘 키우기 위해서는 통합교육기관이 필요하다.

때로는 그 씨앗 같은 마음 하나가 현실에서 비춰지는 억압에 삶을 놓고 싶을 때도 나를 보며 웃고 있는 아이를 보며 그럴 수 없음이 나를 이끌어 오늘에 이르게 함에 감사하다. 교만하게 살 수도 있었을 나에게 아이로 인해 작은 것에도 소중하게 여길줄 아는 삶을 살게 해주어 더욱 감사하다.

이쯤에서 현행 제도와 제도개선에 대한 가슴속 말들을 하고 싶어졌다. 특히 발달장애인 자녀를 둔 부모는 학령기 이후 성인 기에 접어들면 24시간 자녀를 돌봐야 하는 신체적·정신적 부담을 고스란히 감내해야 하고 자녀의 성장과 더불어 부모의 고령화로 부모 사후에 대한 불안이 가중돼 심리적 절박함은 극대화될 수밖에 없다.

이들의 복지 및 교육 단절은 가정의 위기가 될 수 있으므로 예산 형편에 상관없이 어느 지역이나 중증 발달장애인에게 평등한 교육 기회를 얻게 함으로써 성인기 방치로 인한 퇴행이나 미래에 대한 절망감으로 극단적 선택을 하는 이들이 더 이상 없어야 할 것이다. 대부분 발달장애인의 교육지원이 학령기에 초점을 맞췄기에 성인기에는 크게 관심을 받지 못하지만 사실 발달장애의 경우 반복 학습과 지속적 훈련이 필요하므로 꾸준한 교육이 절실하다.

전 생애에 걸쳐 필요한 서비스가 지원되어 부모들의 사후 혹은 지금부터 시설이 아닌 지역사회에서 우리의 이웃으로 한 시민으로 함께 살아가기 위해 필요한 전 생애 권리기반 지원체계 구축을 해야 한다.

평범하게 살아가는 지역사회에서 직장 다닐 수 있는 사람은 낮에 직장 다니고, 주간 보호가 필요한 사람은 주간활동도 하면서 밤에는 주거까지 완벽하게 자립할 수 있는 개별적 특성에 맞춰 구성된 맞춤형 지원체계가 필요하다. 모든 부모가 그렇듯이 가족의 욕구와 실질적인 지원 방안이 나올 수 있도록 부모 없이도 우리 아이들이 지역사회에서 자립해 독립적으로 살아갈 수 있도록 돕자는 것이다. 이는 특별한 배려를 바라는 것이 아니라는 것을 현장에 있는 이들은 안다.

제도의 골든타임을 놓쳐서 최근에 발생한 발달장애인 가족들의 참사는 같은 부모로서 가슴이 메어온다. 소원이 있다면 장애로 인한 아이의 삶을 부모가 걱정하지 않아도 되고, 남들이 누리는 소소한 일상이 그저 부러워만 하지 않아도 되는 세상이 빨리 도래하는 것이다. 대한민국의 한 사람으로서 소중한 국민이라는 자부심도 느껴보고 싶다. 내가 이 세상을 떠난 후에라도 아이가 지역사회에서 편안하게 살아갈 수 있는 지원체계를 만들어야 한다는 이해당사자의 절실한 속마음인 것이다.

19

좁은 생각은 좁은 인생을, 넓은 생각은 넓은 인생을 만든다. 생
각이 멋지면 멋진 인생이 되고 닭이 알을 품으면 병아리가 나오
는 것처럼 넉넉한 인생의 하루.

현실의 문제를 제기하고 바람직한 대안을 제시하는 형태로 단
체를 운영하는 것은 중요했다. 어떤 문제든 바람직한 대처방법
을 찾는 것이다.

2016년으로 거슬러 올라간다. 6개월에 걸쳐 세상에 하나밖에
없는 골판지 태극기를 만들었다. 〈반딧불이〉 가족 모두가 참여

하여 만든 공동작품으로 크기는 가로 370cm, 세로 240cm의 대형 국기로 세상에 하나밖에 없는 골판지 태극기를 완성하게 된 것이다.

내부의 결집을 돕는 공동작품을 태극기로 정하여 참여하는 이들의 모두가 일심동체로 솔선수범하는 모습을 보여주었다.

회의하던 중 태극기를 만들었으면 좋겠다고 제안을 한 직원의 말에 이왕이면 누구도 생각해 보지 못한 태극기를 만들어보자고 했다. 그래서 결정한 것이 대형 태극기 골판지 공예이다. 골판지 재료를 알아보니 만만한 가격이 아니어서 일단 SNS에 올려보기로 했다.

SNS를 통해 종이 골판지가 필요해요. 혹시 사용하지 않는 종이골판지를 보유하고 계신 분은 살짝 반딧불이로 연락주세요. 필요한 색상은 빨강, 파랑, 흰색, 검정으로 소량도 아주 좋아요.'라고 올리고 기도로 일단 네트워크의 문을 열었다.

항상 기도하는 것보다 실천할 때여야 시작이 반이라고 했던가보다. 생각지도 못한 초등학교 친구에게서 연락이 왔다. 친구의 노력으로 제지회사에서 지원을 받을 수 있었다. 6개월 동안 우리 아이들과 자원봉사자들 100여 명은 시간 날 때마다 자르고 말고 하기를 수없이 반복하였다.

　가끔 집에서 자면서도 손을 움직였다는 남편의 소리에 웃음이 나기도 했었다. 용인시옥외광고협회에서 간판틀을 만들어 주어서 보기 좋게 마무리를 할 수 있었다. 이 작품은 공공기관의 벽에 떡 하니 들어앉아 있다.

20

반딧불이를 위한, 반딧불이에 의한, 반딧불이의 장애인을 위한
프로그램.

사회과학에서 말하는 '패러다임'은 동시에 존재하는 것이라면 장애와 비장애 또한 동시에 존재하는 것이다. 이러한 존재는 패러다임이 다양한 의미를 지닌 다중 패러다임으로 이동하는 것임을 알 수 있다.

하루는 시설 이용자인 한 아이의 특성이 한가지 말을 계속해서 반복하는 특징을 갖고 있다. 한번은 활동 시간에 좋아하는 음식에 관한 이야기를 나누고 있었는데, "저는 햄버거요 햄버거요. 햄버거 좋아요. 나 햄버거 좋아하는데 나 햄버거 진짜 좋아해" 하자

"그래, 선생님은 계란말이 진짜 좋아하는데" 하는 순간 아차 싶었다. 아니나 다를까 여기저기서 여러 아이들이 약속이나 한 듯 모두 저마다 좋아하는 음식을 속사포처럼 쏟아내기 시작했다.

"나는 밥, 밥 콩밥 밥, 밥, 초밥."
"나는 계란말이 계란말이요."
"나는 김칫국 김칫국."

일상에서 누구나 똑같은 말을 여러 번 반복해서 듣는다는 것은 쉬운 일이 아니다. 하지만 우리 시설에서는 가능하다. 멋들어지게 랩 한판하고 나니 이렇게 웃길 수가 없었다. 그렇다, 매일 이렇게 하루하루를 견디며 배우는 것이다 이것이 바로 세대를 건너는 긍정적인 에너지를 만들어 나갈 수 있겠구나 생각이 들었다.

많은 이야기들이 있지만 또 다른 이용자는 오자마자 점심을 안 먹겠다고 후드 모자를 푹 눌러쓴 채 아무와도 대화하려 하지 않고 마치 '나 건드리기만 해 봐' 하며 시위하듯 아무런 활동에도 참여하지 않고 앉아만 있었다. 선생님들은 어떻게 하든 참여하게 하고자 기획했던 것이 바로 '총싸움'이었다. 한 선생님이 "너 자꾸 선생님들 말 안 들으면 탕!(손가락을 가위 모양으로 만든 후) 쏜다" 하고 '탕' 하는 그 장난스러운 동작 하나로 아이의 눈빛이 열리고 굳어져 있던 마음을 움직이게 했다.

그 후로 들고 있던 물페트병을 등에 수류탄처럼 장착하고 딱풀을 무기(총) 삼아 저격수가 되어 선생님을 향해 전투를 시작하면서부터 총싸움을 즐겨하는 아이가 되었다. 그뒤부터 다양한 활동에서 열성적 참여를 하고 있다.

또 한 번은 구석에서 고개 숙이고 조용히 있던 아이에게 심심할까 싶어 건넨 노트에 고등학교 친구의 이름과 좋아했던 선생님의 이름을 계속 적어 나갔다. "좋아하는 친구랑 선생님이구나~" 내가 말을 건네니 "응"이라고 짧게 대답한다.

"내 이름도 알려줄까?" 하고 노트에 이름을 적어주니 그때부터 내 이름이 그 노트에 빼곡히 적혀 나간다. 그리고 편지라고 내 이름 적힌 쪽지를 나의 책상에 날마다 열장 남짓 툭툭 던져놓고 간다. 아이는 이것이 마음을 전하는 방법이었나 보다. 이렇게 조금씩 소통의 방법을 찾아나간다.

　생존력 있는 패러다임을 확보하지 못하면 서로 경쟁하고 있는 상태라고 말한다. 특히 다중 패러다임으로 설명하는 동시에 존재하는 것이다. 이것은 서로가 갖는 세계의 공존을 얘기한다. 동시에 존재하는 정체성을 극복하려면 '관심'과 '배려' 그리고 '기다림'이다. 여기서 관심이나 배려 기다림은 기대치가 아닌 존중에서 비롯되어야 할 것이다.

21

서로 하이파이브를 하며 뿌듯해하는 모습은 뿌리를 딛고 함께
어깨춤을 추는 연대의 힘이다.

다양한 사회적 관점은 장애인들에게는 다른 세계일 수도 있
다. 이러한 장애를 만드는 사회를 극복하는 것이 교육이고 사회
구성원으로서 참여하는 직업체험일 수도 있는 것이다.

섬세한 작업을 잘하는 발달장애 친구들에게 초크아트라는 프
로그램을 접목하여 4년째 진행하고 있다. 여기서는 취업을 위한
자격증도 취득할 수 있고 일상생활에 도움을 주며 향후 직업으

로도 연계해서 나갈 수 있도록 한다.

초크아트는 오일 파스텔로 MDF판에 초크 페인트를 바르고 디자인해서 채색하는 상업미술의 한 종류로 상업광고판에서 쓸 수 있는 모든 것들을 그림으로 표현하는 미술이다. 처음 접해보는 장애인들은 "선생님. 이게 뭐예요?"라고 묻는다. 또, "아, 그거 우리가 배워볼 초크아트"라는 수업을 할 거야. 자폐가 있는 친구들은 "선생님. 쟤 얼굴에 초크 페인트 묻었어요!"라고 말하고 다른 아이는 "아하하하. 쟤는 손에 묻었대요" 하는 장난기 서린 멘트를 날린다.

그렇게 장난처럼 시작된 그림 그리기가 벌써 4년이란 시간이 지나가고 있다. 처음에는 손에 묻히고 얼굴에 묻히고 그리기 보다 서로의 얼굴에 묻은 초크 페인트가 더 재미있었던 그 서툰 솜씨가 생생하다. 요즘은 "이 꽃은 빨간색으로 칠하고 싶어요" 라고 말하거나 "여기에는 녹색이 좋겠어요"라는 선택적 사고를 보여준다. 스스로 착착 알아서 그리는 이쁜 초코반 아이들이 전문성을 갖게 되면 "거긴 명암을 주면 좋겠어요"라고 말할 때 활짝 웃으시는 선생님이 "오우… 너 참 잘 그렸다"라고 말하는 수업이 정감있게 보인다.

  나는 그러는 아이들을 눈을 붙잡고 하이파이브를 신청한다.
긍정의 에너지가 서로 교환되며 하루가 즐겁고 의미있게 지나가
는 통쾌함이 있기 때문이다.

22

쿵쿵 쿵쿵쿵 쿵쿵. 신명나게 망치질.

장애인에 대한 현상이 사회에 어떻게 나타는지에 대한 관찰이 필요하다. 이러한 사회적 관점은 구조적, 심리적, 문화적, 차별을 드러내기도 하기 때문에 이를 제어하려면 장애인 인권을 신장시킬 방법을 찾으려는 노력에서 출발한다.

'과연 할 수 있을까?' 걱정이 먼저 앞섰다. 질문을 며칠째 하다가 실행을 했다. 그중에는 물론 처음 접해 본 아이도 있었고, 직업체험으로 초·중·고 때 경험해 본 아이들도 있었다.

오랫동안 해 본 아이들은 아무도 없었다. 올해 가죽 수업도 4년 차이다. '그럼 반딧불이에서 길게 10년을 투자해서 해보면 어떨까'라는 의미 있는 수업이다. 처음 재료 구매부터 차근차근 준비하였다. 공장에서 쓸 법한 망치며 본드며 이상하게 생긴 공구들을 신기해하며 만지작 만지작거리는 아이들이었다. 두꺼운 가죽 원단에 바늘이 들어가기는 할까? 하며 이리저리 만져보는 호기심 가득한 모습에 확신을 갖게 되었다.

처음 바느질 구멍을 내는 목타작업에 망치질은 어느새 난타의 한 장단을 만들고 있었다. 쿵쿵 쿵쿵쿵 쿵쿵. 신명 나게 망치질하는 바람에 가죽은 너널너널 타공판에 깊이 박힌 치즐(바느질 구멍 내는 도구)은 너무 세게 두들겨 결국 다리 하나를 잃어버리는 일도 즐거웠다. 몇 번의 시행 끝에 도구마다 힘을 주는 강도가 다름을 알게 되었고 바느질할 때마다 수업 진행은 고사하고 엉킨 실을 풀어내다가 끝난 적도 있었다. 구멍마다 실을 꿰어 규칙적인 바느질 선이 나와야 하는데 아이들은 한 구멍에 바느질은 서너 번을 하고 엉키고 뜯고 또 바느질하고 무한반복의 1년을 보냈다.

3년 차엔 선을 따라 목타가 가지런해지고 서너 번 엉키던 실은 한두 번으로 줄고 라이터 켜는 것이 두려워서 부탁만 하던 아이들도 용감하게 불을 켜고 실을 녹일 줄 안다. 아직 바느질이 서툴지만 성장하는 아이들. 느리지만 충분한 기회와 시간이 충족된다면 한 땀 한 땀에 녹아들 아이들의 노력이 빛을 발할 것이라 생각한다. 이렇게 즐겁고 재미있고 신나는 현장이 어디 있겠는가? 결국 나에게 깊고 웅숭깊은 세상의 비밀을 들려주고 있었기 때문이다.

23

긍정의 힘을 믿고 추운 날에도 움츠려 들지 말고 목적이 분명하
면 피곤하기보다 즐겁다는 것처럼 오늘도 신나게 보내는 우리
의 하루.

 비장애 청소년들은 학교를 마치고 학원이나 지역아동센터 등
갈 곳이 있지만 장애 청소년들은 집에 가도 반겨주는 사람이 없
기에 해질 때까지 PC방이나 길거리를 배회하는 일들이 많음을
보고 프로그램을 준비하고 야간수업에 참여할 아이들을 모으기
시작했다.

평소에 자신에 대해 이야기를 하는 일이 거의 없고 주변의 눈치를 보거나, 무슨 일이 있으면 무조건 '잘못했어요'라고 말하고, 친구들이 자신과 이야기를 안 하면 자신을 따돌린다고 생각하거나 항상 바닥을 내려다보는 등 자신감 없는 모습을 주로 보인 아이들을 위해서였다.

부모도 자신감 없는 태도에 대해 항상 고민하고 걱정하고 있었는데 야간 보호에 오고부터는 시간의 흐름에 따라 프로그램에서 발표하는 시간에 발표를 잘 안 하거나 자신에 관해 이야기를 작은 목소리로 하던 모습이 점차 사라지면서 보다 큰 목소리로 발표하고, 친구들에게 자신의 의견에 대해 말하는 등 긍정적인 변화를 보였고, 부모님께서도 집에서 '네, 네.'하고 자신의 의견을 말하지 않고 따르기만 하던 모습에서 자신의 생각도 말하는 등의 변화를 보여 야간 보호 활동으로 인해 아이가 변했다면서 고마움을 표현하시고 기뻐하는 모습을 전해왔다.

어떤 날은 학생 스스로가 갈 곳이 없다는 것 때문에 찾아오기도 했다. 현재 어디에 있는지 부모님이 전화해도 잘 받지 않고, 툭하면 군것질거리를 사 먹은 후 이를 잘 닦지 않아 충치도 생겼다. 병원에서 치료받으라고 돈을 챙겨줘도 군것질하거나 다른 물건을 사고, 피시방에서 사용해 버린다. 부모님이 맞벌이하여 평소에 잘 챙겨줄 수 없어서 여러모로 걱정이었는데 야간 보호에서 선생님이 스케줄을 관리해 주기 시작하고 전화를 통해서 현재 위치를 묻고, 활동에 참여할 수 있도록 지속적인 관심과 연락을 하다 보니 초기에는 시간에 잘 맞춰오지 않고, 늦게 참석하던 학생이 프로그램이 진행될수록 오는 시간이 빨라지고, 주말을 제외한 야간 보호 프로그램이 있는 날에는 다른 곳에 가지 않게 되었다. 부모님도 야간 보호 프로그램에 말을 자꾸 안 들으면 보내지 않는다고 했더니 아이가 울면서 보내달라고 했다면서 프로그램에 대해 만족하셨고, '앞으로도 아이를 잘 부탁합니다' 하고 이야기했다.

아이들의 일상은 핸드폰을 보는 시간이 하루 절반이었으며, 야간(저녁) 시간에는 부모님이 직장에 계신 관계로 따로 식사를 챙기기 어려워 굶거나 라면 등으로 끼니를 챙기는 경우가 많았고, 남는 시간에는 주로 PC방이나 노래방에서 시간을 보내거나 역시 핸드폰으로 게임을 하는 시간을 보내기가 다반사였다.

그 아이들이 야간 보호 교육을 받게 되면서부터 다른 곳으로 가는 횟수가 줄었으며, 수업시간 혹은 쉬는 시간에 핸드폰을 하는 것이 아니라 친구와 대화하거나 장난을 치는 등, 대인관계를 형성·발전시킬 수 있는 긍정적인 효과를 볼 수 있었다. 사회적 변화에 따라 시대정신에 맞는 패러다임이나 새로운 모델에 기초한 돌봄이 필요하다.

24

아이들의 행복한 모습, 어떤 것들을 이뤘는지, 아이들에게 어떤
가능성이 있는지 문화예술을 통한 세상의 벽은 우리에게 아무
런 장애도 되지 않는다.

〈반딧불이〉에서는 매년 연말이면 정기예술제를 개최한다. 한
해의 성취를 가족들과 많은 사람들 앞에 선보일 발표날이다. 발
표보다는 준비기간을 중요시 여긴다. 장애인과 비장애인이 준비
기간에는 너나 할 것 없이 열심이다.

누구나 무대에서의 모습은 당당하고 그들을 바라보는 가족들

의 얼굴에는 기쁨과 감격의 빛이 흐른다. 스스로 견뎌온 시간들이 스쳐 지나가고 장애인 학습자들은 우리도 할 수 있는 것이 많다는 것에 비장애인 참여자들과의 교류에 거리낌이 없다.

또 기관에서는 이러한 성과 발표 때까지 음으로 양으로 후원했던 지역사회 인사들을 가급적 많이 초대하려고 노력한다. 민관의 다양한 계층의 사람들이 장애인 평생교육에 관심을 가지고 동참해 성과를 보는 날이기 때문이다. 어쩌면 스스로의 사회공헌의 성과를 보는 것과 같지 않을까. 때로는 부득이하게 학교의 정규 과정을 빼고 공연에 나가기도 하는데 여기에서도 비장애인들이 포함되어 함께한다. 이는 청소년들에게 사회적 가치에 참여하는데 그 의미가 크다고 하겠다.

다양한 장애를 가진 친구들이 각자 준비하는 기간 동안 자신들의 능력을 배양시키고 함께했던 시간 속에서 장애와 비장애, 남녀노소 구분 없이 열정페이로 참여하는 것이다. 이름은 예술제지만 지역사회의 사회적 가치의 함양에 가깝다.

〈반딧불이〉 장애인 식구들에게는 성취감과 정체성 극복이라는 일상생활을 위한 도전이다. 무대와 전시를 준비하는 동안에는 사회성을 배우고 개인적 체험과 사회참여 동기를 갖게 된다. 장애인에 대한 의도적인 인식개선 사업이 되지 않도록 노력했다. 지역에 복지시설이나 장애인 시설에 대한 왜곡된 시선을 불식시키는 계기를 만들고 싶었다.

발달장애나 지적장애 또는 자폐 등 한 번도 남들 앞에 서 본 적이 없던 아이들이 무대에서 연극을 올리고 노래자랑이나 댄스배틀 등 스스로의 표현에 두려워하지 않는 시간이다. 비장애인 청소년들과 준비하는 과정에서 사회구성원으로서 또래 집단을 접한다. 비장애인 청소년 친구들은 장애인 친구들의 입장을 이해하는 동기부여가 되니 일석삼조의 성과와 의미를 갖는다. 성과공유 시간에 너무 재밌다거나 지속성을 담보하는 바람들을 얘기했다. 준비하는 과정은 너무 힘들었지만 나중에는 재밌어졌고, 친구들과 함께 친해지면서 누군가를 도왔다는 점에서 굉장히 뿌듯하다'고 신나서 이야기하는 참여 청소년들의 소감은 많은 이들의 공감대를 형성했다.

분명한 것은 국가와 사회에서 보는 장애에 대한 책임을 개인과 가족에 있다거나 장애에 대한 차별 문제를 이해하고 해결하기 위해서 개별적 모델의 신념이 아직 남아있으나 거부되어야 한다는 점이다. 그에 따른 대안으로 다수의 사회적 모델과 장애에 대한 이해를 위한 개념적 모델이 필요하다.

25

똑같은 것을 바라보아도 어떻게 바라보느냐에 따라 다르게 보
인다는 것처럼 목적을 놓고 로켓의 불을 당기면 멀리 가듯이 엄
청난 일을 이루게 됨을 믿자.

2008년 시작된 〈반딧불이 가족 운동회〉는 우리 기관의 큰 행
사 중 하나다. 매년 300여 명이 참석하는 또 하나의 축제의 날
이기도 하다. 오랜만에 바쁜 일상에서 가족과 이웃이 장애·비
장애를 구분을 없애는 날이다.

우리는 하루에 가족 얼굴 보기가 어려운 현대사회를 살고 있

다. 가족으로서의 자긍심을 높이거나 이웃을 만날 기회는 더더욱 적을 수밖에 없다. 우리 아이들이 시설을 어떻게 활용하고 무엇을 배우고 다른 친구들과의 교우관계와 사회성이 어떤지를 확인할 수 있는 정규 학교와는 조금 다른 자연스러운 계기를 만들기도 한다.

'넘어져도 울지 않기, 진 팀을 놀리지 않고 이긴 팀은 축하해주는 우리의 선수 선언문'은 사람들의 얼굴에 웃음꽃을 틔운다. 세상 어디에도 없는, 공감과 배려가 담긴 다짐이다. 즐겁고 신나는 운동회를 즐기기 위해 스스로에게 다짐하고, 참석자 모두에게 공표하는 선언문적 성격의 약속이다.

일단 〈반딧불이〉 가족 모두가 즐겁고 신나게 운동장에서 장애, 비장애가 한팀이 되어 뛰고, 구르고, 웃는다. 비장애인과 장애인 가족이 함께 참여하는 운동경기와 게임을 통한 화합의 장이 주를 이룬다. 이렇게 가족 운동회를 통해 단합과 신체활동을 경험하는 우리는 즐겁게 웃고, 신나게 논다. 프로그램 종목은 색판 뒤집기, 터널 통과하기, 내가 프로골퍼, 림보게임, 홈런왕 게임 등을 비롯해 팀원 전체가 머리를 맞대고 장애인 친구들이 쉽게 접근할 수 있도록 협동의 힘을 발휘하여야 하는 프로그램으로 구성했다.

　장애인과 비장애인의 차이를 해소하고 각 부모님들의 아이들의 정보를 공유하는 장이자 우리 아이가 제일 좋아하는 친구와 싫어하는 친구도 알 수 있고 참여하신 분의 아이가 어떻게 지내는지도 표정에서 알 수 있다. 얼마나 많은 멍울이 맺혀 있는지 눈을 보면 안다. 아직도 인정하지 않는 부모님도 계신다. 마음 문을 열지 못해 오지 못하거나 부부 중 한 사람만 아이들과 오는 분들도 있다. 공중에 함성은 내려올 줄 모르는 시원한 소낙비 같고 많이 웃어 좋은 날이다.

26

'다른 사람 배려하기', '개인행동하지 않기', '공동체의식 갖기'
등의 공동체 목적을 가지고 진행하는 활동으로 선서식과 조별
활동을 계획해 함께 협동하는 활동을 위주로 그 과정 속에서
'우리는 하나!' 라는 의식을 자연스럽게 형성하게 한다.

이동권 제약이 많은 장애인들에게 여행은 인생체험이다. 또 되돌아오는 부메랑처럼 캠프를 통해 교감하고 나누는 법을 익히게 하고 싶었다. 받을 줄만 알지 주는 법을 모르는 우리 아이들이 숙박을 함께하며 던진 부메랑이 어떻게 되돌아 오는지를 경험하게 하는 기회를 가져보기로 한 것이다.

숙박함으로써 서로를 이해함과 동시에 결속력을 강화하고 캠프활동을 통해 서로를 지지해줄 마음을 높이고, 일상생활 속에서 접해 보지 못하는 또 다른 자연환경을 접함으로 환경의 아름다움과 우리도 자연의 일부임을 알게 하는 캠프. 우리도 사회 한 구성원이기에, 서로의 입장을 이해함과 동시에 더불어 함께 살아가는 관계임을 깨닫는 시간이 되게 하고자 매년 기획한다.

여행은 공감하고 배려할 줄 아는 사람을 만든다. 이동권의 제약을 받은 장애를 가지고 사는 사람들은 일상적인 생활을 통해서 평소에 발견하지 못했던 것을 경험하고 타인과 효과적으로 소통하고 자율성과 책임감을 통해 공감대를 형성할 수 있다.

〈반딧불이〉 이용자 가족들에게는 쉽고 단순한 여행이 아니다. 금전적, 상황적, 특성적으로 다양한 변수가 있기에 더욱 주변의 도움이 필요했다. 일부 후원자들의 도움으로 조금 더 많은 인원을 함께할 수 있어 감사했다.

준비해서 돌아오는 날까지 초긴장을 해야 한다. 제주도로 향하는 아침 비행기에 몸을 실었다. 일 년을 준비해 가게 된 제주도, 처음 비행기를 타 본 아이들이 설레는 모습을 보니 잘했다는 생각이 들었다. 문득 부메랑 캠프를 마치고 올해 계획을 세울 때 회원들의 의견에 귀를 기울여 여행지를 결정한 것이 신의 한 수였던 것이다.

처음 비행기를 탄 친구들이 드디어 이륙할 때 식은땀을 흘리는 학생이 있어 손을 잡고 별일 아니라고 설명해 주자 조금 후에는 작게 소리를 내는 등 저마다의 표현으로 번잡했다. 2박 3일의 여정을 시작한 우리는 제주공항에 도착했다.

비도 마치 우리의 캠프를 축복해 주기라도 하는 듯 내릴 때쯤 되자 멈추었다. 코끼리 쇼를 보러 갔을 때는 새끼 코끼리의 귀여움이 아이들의 발걸음을 잡았다.
모처럼 밝게 웃고, 도깨비도로를 지나칠 때는 착시현상이 주는 신기함을 경험했다. 인위적이지 않은 자연은 낯선 환경에 놓인 사람들을 경외하게 만든다.

첫날은 잠자리가 바뀌어 아이들이 잠을 설쳤나 보다. 차에서 잠깐 쪽잠을 자더니 가는 곳마다 호기심 어린 눈으로 이곳저곳을 둘러보며 집중하는 모습들이 보인다. 간간이 내리는 비와 함께 우비를 입고 다니며 서로의 모습을 바라보다 장난도 하고 즐겁게 웃고 있었다. 아무것도 아닌데 저리 즐거워하다니 하는 마음에 가슴이 먹먹해졌다. 제주의 하르방 앞에서 포즈를 취하고 사진 봉사를 했던 혁배는 연신 셔터를 누르고 제일 친한 친구인 용남이를 가장 많이 찍어주었다. 그런 혁배의 모습에 또 한 번 뭉클해졌다.

숙소에 돌아와 저녁식사를 마치고 한자리에 모여 장기자랑 시간을 가졌다. 혜선이는 음악에 맞춰 춤을 추기도 하고 코끼리 발마사지 흉내도 냈다. 상언이는 땡벌을 열심히 불렀고 용남이는 쑥스러워 고개를 들지 못했다.
다음날은 숙소에서 짐을 정리한 후 버스에 올랐다. 안개와 더불어 나타난 삼나무 길을 달리고 있을 때는 모두가 흥분하여 '와' 하는 함성이 터져 나왔다. 항상 마지막 날이 아쉬움이 많은 날이다. 아이들의 그 서운한 표정들 가족들에 대한 생각이 섞여 있는 표정이 재밌었다.

2박 3일의 여정을 모두 마친 우리는 아쉬움을 뒤로한 채 비행기에 몸을 실었다. 이번 캠프에 더 많은 인원이 함께하지 못해 아쉬웠지만 서로가 귀중한 지체임을 알게 했다.

27

아름다운 열매들로 가득한 멋진 모습의 그림들을 모아 일생의
액자에 담자. 그 그림들을 보면서 우리를 아름답게 한 여러 가
지 모습을 기억하는 하루.

장애인이 무슨 시를 쓰느냐 하는 사람들이 있겠지만 장애가
있다고 해서 시적 감각이 없는 것은 아니다. 오랜 시간 함께하는
시인들은 개인별 각자의 사연들을 품고 있다. 그중에 한 사람 오
정환 씨를 추천한다.

그녀는 1급 시각장애인으로 다른 사람의 도움 없이는 외출이

불가능한 시인이다. 어렸을 때 친모로부터 받은 구박이 가슴에 상처가 되어 엄마 이야기는 원망으로 똘똘 뭉쳐 대화는 엄두도 내지 않았다. 무속인 엄마가 장애인 딸을 받아들이기 어려워 온갖 액받이로 구박했으니 어린 딸의 설움은 50년이 지나도 지워지지 않았다고 한다. 그가 그의 어머니를 소재로 글을 썼다. 드러내고 싶지 않을 상처였을 것이다. 어머니에게 받은 설움은 평생의 상처가 되어, 원망과 설움이 글 곳곳에 배어 있다.

「하늘에게 허락을 구한다」라는 제목의 글로

"젊은 년이 게을러터져서는 설거지를 여태 안 하고 뭐한 거야?"로 시작하는 도입부에서는 어머니가 장애가 있는 어린 딸을 보기만 하면 그릇을 집어 던지고 죽어라 때리시던 모습을 적고 있다. 이때는 숨이 가빠오고 가슴이 떨려왔다고 한다. 어른이 되어 결혼하고 취미로 배운 종이접기를 통해 지금은 종이접기 강사로 활동하며 삶의 의미와 빛을 찾았고, "엄하고 야박했던 어머니의 꾸중이 무서워 집 밖을 못 나가던 내가 도망을 쳐도 이내 잡혀서는 매를 맞던 내가 이제 세상 밖으로 나왔다"라고 한다.

어머니에게 받은 상처를 글로 드러내는 과정에서 어머니를 용서하게 되었을 뿐만 아니라 새로운 인생의 길을 찾게 되었다. 꾸준히 쓴 시를 모아서 개인 시집을 발간하는 기쁨도 만끽하고 더욱 행복한 글쟁이가 되길 바란다.

28

우리가 찾은 답은 '무너뜨리기!'

평소에 쉽게 접할 수 없는 '플래시 몹'을 통해 창의력과 협동심을 배우고 자신의 숨겨진 적성을 찾을 수 있는 기회의 장을 제공하고 장애인과 비장애인이 함께 작품을 완성하는 과정을 통한 성취감을 고취하고자 진행한 플래시 몹이다.

첫날 함께 춤을 추려니 어색한 분위기였고 여기저기서 한숨이 쏟아져 나왔다. 장애인과 비장애인이 1:1 짝을 이루어 춤을 지도하는 시간이었는데 비장애인 청소년이 몸으로 동작을 보여주는데 장애인은 그 동작이 마음처럼 쉽게 되지 않았다. 사실 비장애인이라고 해도 몸치인 사람들은 춤꾼의 춤사위를 처음 보고 그 동작을 바로 따라서 하기가 쉽지 않다. 하물며 장애인은 몸만 마음대로 안되는 것이 아니라 사고도 뜻대로 안되고 게다가 어린 청소년들은 자신이 아는 것을 전달하는 방법을 모르니 그들은 어떻게 해야 할지 몰라 짜증도 내고, 장애인들은 비장애인이 보여주는 안무는 아랑곳하지 않고 아무렇게나 하며 힘겨루기를 하고 있었다. 그 모습을 보니 한숨이 나왔다. 그러나 한숨에 한숨을 보탠다고 상황이 달라지는 것은 아무것도 없기에 나와 안무 선생님은 이 애들을 어떻게 하면 좋을지 고민하기 시작했다.

안무 선생님은 반짝이 모자를 쓰고 널브러진 아이들 앞에서 막춤을 추며 망가진 모습을 보여줬다, 우리의 모자람이 굳게 쌓인 아이들 간이 벽을 허물 수 있는 계기를 만들어도 좋겠다 싶었다. 나의 모자람이 닫힌 아이들 마음의 빗장을 활짝 열고 군무를 만들어 간다면 무엇을 못하겠는가 싶었다. 예상은 적중했고 그 순간 아이들은 배꼽을 잡고 웃었고 우리는 더 망가졌다. 낯가림과 쑥스러움이 사라지자 조금씩 어색함이 사라지고 우리는 그렇게 플래시 몹 만들기에 집중하게 되었다. 노래는 '우리의 용인'

이라는 노래를 개사했다. 안무 선생님이 짜서 만든 플래시 몹은
보는 사람으로 하여금 웃음을 자아내게 하기에 충분했다.

　장애인과 비장애인 함께 웃고 만든 플래시 몹은 만드는 과정
에서 공연까지 서로가 갖은 많은 편견을 불식시키기에 충분했
다. 또 이러한 노력을 영상으로 담아 보급하는 중에 누구에게 기
대는 것이 아니라 장애인에 대한 인식개선을 위해 우리가 할 수
있는 것을 하는 것이 선입견을 뛰어넘을 징검다리가 된다는 가
능성을 배웠다.

29

섬세한 작업을 요하는 초코아트를 장애인들이 잘할 수 있을까?
우리가 저런 걸 과연 만들 수 있을까?

해마다 전시회를 큰 목적을 가지고 진행한다. 한 해 동안 배우
고 익힌 것을 전시하는 계기를 통해 장애인 인식도 더불어 한다.
평범한 듯 보이지만 소소한 모습 속에서 진심이 전해지길 바라
며 아이들이 만든 작품을 최대치로 끌어올려 상품의 가치를 가
격으로 매긴다. 배우는 것으로만 그치는 것이 아니라 작품의 완
성도로 판매 금액도 정하고 판매를 통해 나의 작품이 얼마에 팔
렸나 하는 가치를 소중히 여기길 바라고 자부심과 긍지를 가지

기를 간절히 바란다. 물론 판매하지 않고 전시만 해도 된다. 하지만 내가 만든 것이 작품이 되고 판매가 된다는 것은 우리 아이들에게 또 다른 자신감이다. 그렇게 되길 간절히 바란다. 그래서 더 열정을 품는지도 모른다.

물건이 어느 가격에 팔렸다는 것은 단순한 상품 가치가 올라갔다기보다는 실력의 퀄리티가 올라가는 것을 의미한다. 장애인이지만 상품성 있는 물건을 만들었다는 것이기에 잘 만들고 싶다는 동기부여가 되고 이는 지속해서 노력하게 하는 원동력이 된다. 1년 차에는 1천 원에 팔렸는데 2년 후에는 5천 원이 되고, 3년 후는 1만 원이 되어서 실력이 업그레이드되고, 상품성 있는 물건을 만든다는 것을 검증받는 시간이 전시회가 되는 것이다. 그러므로 전시회는 단순히 전시품을 게시하는 것이 목적이 아니라 성장하고 검증하는 과정인 것이다. 장애인이 만든 거니 팔아준다는 것이 아니라 살만한 물건을 만들어서 값어치를 매겨주고 그걸 통해서 사회 일원이 되는 배우는 학생에서 직업인이 되어 가는 과정을 보여주는 시간의 마당인 것이다.

예술이 단순히 교육만 제공하는 데 그치지 않고 여가만 보내는 것이 아니라 배우고 취미과정을 걸쳐 직업 역량을 강화하고 사회에 나아갈 수 있는 연결지점이 된다는 것을 작품을 판매하므로 증명한 것이다. 단순히 기술을 배우는 것으로 끝나는 것이 아니라 사회적 자립, 참여, 공헌을 위해서 보다 깊고 전문적인 자격이 필요하기에 개인 역량 발전을 목표로 문화예술 목록을 발전시키는 것이다.

다양한 굿즈(상품)들을 지역사회에 기부하여 사회적 공헌을 하고 전시함으로써 재능과 끼를 발휘할 수 있는 장을 마련하고 전문자격증을 취득하고 지역사회에서 수익을 창출할 수 있도록 주문제작, 납품이 가능한 경제활동의 영역으로 진입함으로써 사회적 참여와 자립을 지원할 수 있도록 한다.

전시 및 굿즈 판매는 전시함으로써 예술특화 전문가로서 발전 가능성을 공유하고 장애인 참여자의 자립과 사회참여의 발판을 마련하고 장애인과 비장애인을 연결하는 통로가 되길 바라는 것이 큰 이유이기도 하다.

30

하는 일의 크고 작음에 연연하지 않고 최선을 다하는 사람. 최
고의 연주가는 몇 명의 관객일지라도 열정을 다해 연주하듯 열
정, 긍정, 창조를 가슴에 꿈꾸는 하루.

사람들은 우연히 지나치다 만난 글귀가 좌우명이 되는 경우도
있습니다. 나는 함석헌 선생의 "그대 그런 사람을 가졌는가"라
는 글을 좋아하게 되었습니다.

그 글에서는 6가지 유형의 사람을 갖고 있는지 묻습니다. 첫
째는 가족을 맡길 만한 사람이 있는가를 묻습니다. 두 번째는 온

세상이 척을 진 나여도 아 저 마음이야 하고 믿어지는 사람을 묻습니다. 세 번째는 배가 침몰할 때 너는 꼭 살아야 해 하고 말해주는 사람입니다. 네 번째는 불의의 사형장에서 세상을 위해 저 이 만을 살려두라고 하는 사람을 찾습니다. 다섯 번째는 잊지 못할 세상을 등질 때 저 하나 있으니 하면 빙긋 웃는 여유 있는 사람을 찾습니다. 여섯 번째는 온 세상이 찬성할 때 아니하고 유혹을 떨치는 그런 사람을 찾는 내용입니다.

지인과 통화 중에 어떤 사람에 대해 '마음이 놓이는 사람'이라고 하던 말이 계속적으로 커다란 울림이 되고 곱씹어 보게 되었습니다. 내가 누군가에게 이렇게 '마음이 놓이는 사람'이었던 적이 있었나? 또 '마음이 놓이는 사람'이 내 곁에 있는가? 라는 질문에 살아온 날 수만큼의 사람들의 얼굴을 더듬으며 떠올려 봤습니다.

문득 옆지기에게 물었습니다. 이 세상을 마치고 누웠을 때 꽃한 송이를 놓아주고 진정으로 울어줄 수 있는 친구가 있다면 좋겠다. 그런 철없는 말할 때 그런 사람이 어딨냐 보다 글쎄 당신은 충분한 자격이 있는데 내가 말해 줄 수 있는데 라고 할 수 있냐고 물었다. 그랬더니 빙긋이 웃기만 했습니다.

　같은 곳을 바라보고 산다는 것은 확인할 필요가 없다는 것을 알았습니다. 불립문자(不立文字)처럼 그냥 마음속에 담아두고 물 끄러미 앞에 있는 사람을 굳건하게 지탱해 주는 그 자체에 대한 믿음이 먼저인 것입니다. 바위를 딛고 선 소나무는 나무를 떠나지 않는다는 것을 알게 되었습니다. 무슨 말이 필요하겠는가?

제3부

참 좋은 시절

31

상대를 이기려고 하기보다는 그저 더 잘하기 위해 노력하고 어떻게 평가받을까, 어떻게 사랑받을까 보다 따뜻한 가슴으로 상대의 허물도 감싸고 덮을 줄 아는 하루.

장애인 정책은 분명 사회현상이자 이의 해결은 국가의 책임이 막중하다. 주관적 사회현상을 보더라도 과학적 접근 방법이 필요하다. 그뿐만 아니라 객관적인 사회현상은 실제로 물리적 존재를 가지고 있다는 점이다. 이는 행위, 상호작용, 관료 구조, 법 등 실제로 물리적인 존재를 가진다고 볼 수밖에 없다. 또 주관적 사회현상으로 정신과정, 규범, 가치, 문화 같은 것을 말한다. 결국 여기서 개별적 사회 모델이나 객관적 사회 모델을 구분없이 '장애'라는 사회현상으로 직시하고 있음이다.

손상된 신체 또는 장애를 구분짓는 객관적인 사회현상과 장애인을 꺼리는 가치관과 문화에 따른 주관적 사회현상에 대한 구분이 쉽지 않다. 그래서 "장애"에 대한 이해를 사회적 약자인 "모성애"의 범주에서 바라볼 수밖에 없는 속은 멀쩡하게 의문을 갖거나 저항하면서도 장애아를 키우는 엄마 입장에서 목소리를 낼 수 없는 애매한 감정에 스스로 억눌려 있었다는 것에 더욱 먹먹하다.

장애아이와 살아가면서 관점에 따라 시작은 같을지라도 결과는 큰 차이를 보여주듯이 마음이 긍정과 부정, 사랑과 미움, 감사와 원망 등으로 보는 것에 따라 결과는 분명 차이가 있다. 삶에 대해 바라보는 곳에 따라 생의 지향점이 결과를 달리할 수 있다는 것이 이론적 근거가 있고 그동안에 국가의 책임과 사회구성원이 인식해야 하는 대상에 대한 이해가 부족했음을 절실하게 깨달았다. 잠깐잠깐 들었던 나의 노력이 허망하게 느껴졌던 이유가 앞에서 '장애'에 대한 이해 부족으로 인해 내 탓으로 만 여기는 것 때문이었다는 것을 알게 된 것이다.

결국 국가와 사회구성원의 사회적 가치에 대한 설득을 통해
사회적 함의를 이끌어내고 그것을 사회적 확산을 위한 사회공헌
활동이 대중성을 가질 때 비로소 온전한 '장애'에 대한 '장애학'
문학 또는 문화학의 연관성을 통해 구체적 실천을 할 수 있겠다
는 막연한 생각을 하게 되었다.

32

어떠한 일을 전개하더라도 무한대의 열정으로 자신의 한계를 넘는, 집중과 몰입의 미학으로 강한 불도저처럼 카리스마 넘치는 하루.

특정 문학작품에 나타난 장애적 현상에 대한 해석학적 의미나 장애를 지닌 등장인물의 역할 등에 관한 내용의 산문이 아니라 현장성 짙은 수필을 이해당사자 입장에서 쓰자는 막연한 출발점이 있었다.

장애를 갖고 있는 청소년이나 성인 장애인들이 비장애인과 함께 일상생활을 사는데 있어 인문학적이며 문화학적인 요소에서 소수자 문학으로서의 기능적이고 다양한 내용을 담을 수 있는 짧은 단상을 적어나가고 싶었다.

고무줄 한쪽을 고정시켜놓고 잡아당겼다가 놓아보면 고무줄이 고정된 곳으로 쭉 딸려가는 것처럼 목적이 있는 자만이 성취할 수 있고, 목적이 있는 자만이 즐거움으로 달려갈 수 있는 그러다 함께 배꼽 빠지는 한 줄이 있었으면 하는 그런 목적이 있으니 글쓰기가 힘들어도 웃으며 할 수 있는 후일담적 성격이 강하다고 할 것이다.

목적이 이끄는 삶을 살다 보면 지치지 않고, 피곤하지 않게 일할 수 있다. 왜냐면 몸과 마음은 그것을 이루려고 견딜 수 있는 근력의 호흡을 얻을 수 있기 때문이다. 우리 아이가 살아야 할 남은 시간을 준비해 주는 것은 일상생활이 온전하게 갖춰주는 루틴을 반복적, 선험적으로 함께해 주면 언젠가는 스스로가 그 시간에 맞추어 일상을 살 수 있게 하기 위한 연습인 것이다.

오늘 배웠던 것을 내일 잊어버려도 우리가 친절하게 미소 지

으며 지치지 않게 도울 수 있는 것은 그들의 형편을 알기 때문이
듯이 오늘 그동안의 삶이 다 사라져도 우리는 처음처럼 웃으며
'해보자'는 말을 할 수 있는 그런 오늘을 살아보는 것이 아이와
나 그리고 가족이 함께 일구는 건강할 삶이라고 믿기 때문이다.
잠든 아이의 베개를 바로잡아 주고 이마를 한번 쓸어올려 줄 때
그때처럼 고용한 시간을 만날 수 없듯이 강단있게 살자고 다짐
한다.

33

매일 성공을 디자인하듯, 믿는 대로 된다는 신념으로 말을 바꿔
세상을 바꾸는 멋진 코디네이터로 변신하는 하루.

음식이 좀 오래된 듯하면 먹을 때 냄새를 맡아 보게 된다. 혹
시 쉬지 않았나 해서 냉장고에 있었으니까 안심이다 했다가 당
한 경험이 있는데 아무리 비싼 재료로 만들어진 것이라고 해도
상한 음식을 먹는 사람은 없고 아무리 대단한 사람이라고 해도
쉰 음식 같다면 어느 누구도 좋아하지 않는다.

소위 '맛이 갔다'고 하는 것은 곧 처음의 맛을 잃은 것을 말함

으로 부부는 신뢰가 깨졌기 때문에 이혼하는 것이고, 기업은 창업할 때의 초심을 잃었기 때문에 부도가 날 수 있다. 모든 세상의 이치에는 초심을 잃어서 실패한 경우가 많다. 단체도 마찬가지다. 가까운 사람을 더 귀하게 보필하고 먼 사람에게 친절하여 그 존중이 길게 이어질 수 있도록 단체를 운영해야 한다고 생각을 한다. 하지만 마음과 갖지 않게 깜박 잊을 수도 있으니 사과는 그 즉시 하는 것이 신뢰를 잃지 않는 최선의 길일 것이다.

이렇듯 일상을 사는데 있어 밥그릇에 담겨 있어야 할 노동의 가치를 잊어버릴 때 하루를 잃어버리는 우를 범할 수 있다. 장애의 정치 사회 문화 역사적 배경을 가지고 장애학의 다양한 방법론과 주요 논쟁은 셀 수 없이 많다. 하지만 분명한 것은 초심을 잃지 않아야 한다는 점이다. 〈반딧불이〉의 운영의 묘를 거기서 찾으려고 부단히 애를 쓰고 있다. 그러다 보면 '상황'은 언제나 발생하기 마련이다. 중요한 건 어떻게 '반응'하느냐에 달려 있듯이 상황에 대해 어떻게 반응하는 것인가 하는 '정답'은 이미 정해져 있다.

매일 활동지원사 선생님과 밝게 인사를 나누다 보면 시설을 찾아오는 회원들은 벌써 오는 표정부터가 다르다. 이는 하늘이 준 권리이니 얼마나 아름다운 지체를 가지고 있는가 라고 되묻게 된다. 이는 생물학적이며 개인적으로 간주할 수 있지만 떠나간 자식도 가슴에 묻는 자식이고 현재의 장애를 안고 사는 자식도 가슴으로 낳은 자식이기 때문에 그 애틋함은 더할 것이다. 오늘은 무슨 상황에 당혹스러울지 기대되고 설렐 때가 있다.

34

꿈의 심장은 '넌 할 수 있어. 내가 지켜보고 있어. 고통 속에서도 반드시 극복해 내는 너의 힘을 기억한다.' 꿈의 심장을 가슴속에서 박동시키는 멋진 하루로 '할 수 있다'고 말해주며 따뜻하게 이웃을 챙기는 하루.

일상에서 19세기 우생학적 사상과 그 결과로서 얼마나 많은 인류공멸의 망조를 절감하는지 모른다. 어느 토론문에서 읽은 적이 있는데 공감되는 말이었다. 하지만 이러한 자본주의 특히 한국사회에 팽배한 능력지상주의 앞에서도 나는 유년에는 자신이 되고 싶은 것 스스로 할 수 있는 것을 주로 하였지만 이제는 조금씩 다름을 알게 되었다.

　, 　자본주의 사회 안에 배제의 논리에서 계층 간의 위화감에 편승할 때도 있었다. 그러나 이해당사자가 되고서부터 조금씩 스스로가 사회문제로 비춰지는 문제의 현상들과 그 멍에로부터 자유로울 수 있는 인생이 없다는 것을 알았다.

　결국 어릴 때는 자신이 되고 싶은 것, 자신이 할 수 있는 것을 생각하고 꿈을 꾸었지만, 나이가 들면서 가족에게 필요한 것과 가족에게 무언가를 해줄 수 있는 것을 중심으로 노력을 하게 된다.

　이제는 꿈꾸는 일을 실현에 옮기기까지 가족들의 응원과 지지가 큰 에너지가 된다. 가장 적은 단위의 운명공동체란 생각이 든다. 아이의 재활을 돕는데 딸아이는 물론 어른들까지 일찍 철드는 모습에 미안했지만 우리 가족은 일찍 세상의 편견으로부터 벗어날 수 있었다.

　장애와 비장애의 경계선에 있는 이들이 있다. 행동하지 않은 양심은 악의 편이라는 김대중 대통령의 말씀처럼 굉장한 위험군으로 바뀔 수도 있다고 생각한다. 폭풍을 지나가지 않은 과일은 단단하고 맛이 깊지 않다. 가족 간의 사랑도 그러하다.

35

누구나 편히 쉴 수 있는 정원과 거실 딸린 집이 있다.

소중한 이에게 마음의 집과 정원을 개방하여 소통하는 긍정의

하루.

아무리 사회과학적 접근을 통해 장애인을 지키려고 하는 법치국가라고 해도 그 실효성에 마음을 움직이는 인문학적 시민의식이 성숙하게 자리잡지 않으면 의미가 없다는 어느 토론장에서의 담론은 일리가 있는 말이다.

하루를 시작하는데 업무의 양이 많고 적음과는 관계없이 수만

늘어난다는 법칙이다. 예산이 100원을 쓰나 1,000만 원을 쓰나 보고서의 양은 똑같은 한국사회에서 주어진 시간이 많다고 해서 반드시 훌륭한 성과를 거두는 것은 아니다. 어떤 사람에게 보고 서를 제출할 기간으로 1주일을 준다면 보통 그 일을 끝내는데 일주일을 다 쓴다고 한다. 똑같은 일을 2주일에 끝내도록 요구 하면 끝내는데 역시 2주일을 다 소모한다. 업무 자체가 복잡하 거나 힘들어서가 아니라 직장 내에서 일어나는 불변의 법칙. 즉 업무는 그에 할당된 시간만큼 늘어지는 경향이 있기 때문이다. 이는 일반인이나 장애인도 똑같은 상황이고 심경일 것이다.

조직이든 개인이든 시간이 많을수록 일을 신속하게 처리하지 않으며, 시간이 많아지면 그만큼 여유를 부릴 기회가 늘어나기 때문에 대부분의 사람들은 한정된 시간을 어떻게 효율적으로 분 배하는가와 관련한 의사결정에 늘 직면해 있는 것 같다. 이러한 담론은 주체들이 '일'에 대해 어떻게 보느냐에 따른 동일한 현 상에 대한 각기 다른 해석이 나올 수 있다는 것이다.

조직 내에서 발생되는 긴박하고 중요한 업무가 누구의 손에 가는지 살펴보면 어김없이 그 일은 한가하고 여유 있는 사람이 아니라 늘 업무에 분주한 사람에게 돌아간다. 그 이유가 무엇일까? 급한 일은 바쁜 사람에게 가야 정확하게 완결되기 때문이라는 묘한 결론에 도달하는 것이다. 늘 여유로운 사람은 여유롭고, 바쁘고 분주한 사람은 더욱 더 많은 일을 책임지게 되어 더욱 분주하게 되기 마련으로 맡겨진 일에 책임을 지고 신속하게 완결하는 직원을 좋아할 수밖에 없다. 그 직원과 더 많은 것을 공유하고 싶어진다. 이러한 현상은 옳지 않다. 하지만 그 실효적 측면에서 일 잘하는 사람에게 매달리게 된다. 가끔 안스러워 그 사람만 따로 식사를 초대한다. 고맙고 사랑할 수밖에 없기 때문이다.

36

세상의 꽃만 바라보지 않고 향기의 근원인 꿀을 직시하는 하루.

Faction은 사실과 허구의 합성어(Fact + Fiction)라고 한다. 역사물에서 실존 인물에 대한 이야기가 작가의 상상력이 첨가되어 새로운 이야기를 재창조하게 되는 이야기다. 요즘 나온 영화 '서울의 봄'도 그러한 내용이다.

12.12. 당시의 하룻밤과 다음날까지의 짧은 시간에 벌어진 사건에 대한 얘기 속에는 '울타리를 헐 때는 울타리 칠 때를 기억하라'는 격언처럼 무슨 일이든지 그 일을 처음 시작했을 때 어떤

마음을 가지고 시작했는지 잘 기억하라는 뜻일 것이다. 누가 보든 안 보든 내가 손해를 보든 이익을 보든 어떤 상황에서도 마음을 바르게 먹은 마음으로, 어떤 이들은 융통성이 없다고 혹은 바보 같다고 말할지 모르지만 원칙과 정직으로 대나무처럼 심지를 지키는 실존 인물의 재조명에 가까운 모습을 보고 나서는데 극장 밖에서 한참을 서 있었다.

또 다른 얘기지만 그러한 내용의 상황은 일상에서 비일비재할 것이다. 상상력의 범주는 인문학적 측면에서 혹은 사회과학적 측면에서 선명하게 자리하겠지만 우리 센터 안에서도 이러한 갈등은 생겨날 수 있다. 그럴 때 나는 어느 유형인지 궁금했다. 아니 그 유형 분류에 들어가고 싶지 않다는 생각을 했다.

대나무 중에 최고로 치는 '모죽(毛竹)'은 씨를 뿌린 후 5년 동안 아무리 물을 주고 가꾸어도 싹이 나지 않는데 5년이 지나면 갑자기 하루에 80cm씩 쑥쑥 자라기 시작해 30m까지 자란다. 왜 5년이란 세월 동안 자라지 않았던 것일까?

대나무의 뿌리가 사방으로 뻗어나가 10리가 넘도록 땅속 깊

숙이 자리 잡기 때문이라고 한다. 5년간 숨죽인 듯 아래로 아래로 뿌리를 내리며 내실을 다지다가, 5년 후 당당하게 세상에 모습을 드러낸다고 하듯 지금의 시간이 미래의 성공을 위한 밑거름이 된다고 확신하고 포기하고 싶을 만큼 힘들어도 '모죽'이 자라기 전 5년처럼 포기하지 않고 견뎌낸다면 '모죽'처럼 쑥쑥 자랄거라 믿으며 밑거름을 다지는 우리이길 기대한다. 결국 진실은 사그라지지 않는다는 것이다.

37

자연은 각기 자리에서 놓아두어도 생육한다.

사람이 갈 때는 자리의 순서가 없어도 태어날 때는 순서가 있듯이 하물며 다른 것들도 각자에 맞는 자리가 있을 것이다. 예를 들어 제아무리 고급 재질로 만들어진 '신발'이 '모자'가 될 수 없듯이 그 사람의 능력 이상을 기대하는 것이 이런 경우가 아닐까 한다.

각자에게는 맞는 자리와 달란트, 그리고 능력이 있는데 그 이상을 바란다면 과부하가 일어날 것은 당연하고, 그로 인하여 넘어지거나 시험에 들게 된다. 나는 업무에 있어 이러한 규칙을 생각하기 때문에 서로 부딪칠 일이 별로 없었다. 하지만 개인차는 일의 진행에 있어 어쩔 수 없다는 것은 풀어갈 방법을 찾는 딜레마일 수밖에 없다.

바른 업무 분장이 필요했다. '신발'을 '모자'로 보지 말고, '신발'의 위치가 있고, '신발'의 역할로 능력에 맞게 사람을 인정하고, 사람을 배치하고, 일을 분배한다면 인생이나 기업의 경영이 훨씬 수월할 것이라 생각한다. 나의 위치를 잘 알고, 어떻게 처신을 해야 하는지, 내가 할 일이 어떤건지, 곰곰히 생각해 보고 실천해야 한다. 여기서 나와의 친밀도는 해악의 밑거름임을 명심해야 하겠다는 생각이 들었다.

옛날 인디언들은 말을 타고 일정한 거리를 달리고 나면 반드시 멈추어 서서 뒤를 돌아보며 자기 영혼이 따라 오는지 확인하고 출발한다고 한다.
자신과 주변을 자주 돌아보며 소소한 일상에서 행복을 자주 찾으려는 노력이 필요한 것처럼 기대하지 않는 우연의 만남이 큰 기쁨과 설레임이 될 때가 있는 것처럼 내가 누리는 모든 것에 대해, 내가 만나는 크고 작은 모든 것에 감사하는 마음이 필요하다.

38

매사를 행복의 과정으로 여기는 삶이 모여, 비로소 최고의 삶을
살 수 있다. 실타래처럼 꼬인 주변을 풀어 평소 인간관계가 서먹
한 사람을 칭찬하고 또 진심으로 좋아하는 느낌을 전하는 하루.

    2014년에 '참 좋은 시절'이라는 드라마가 있었다. 인상이 깊
었던 기억이 있어 찾아보니 대충 이야기는 "가난한 소년이었던
한 남자가 검사로 성공한 뒤 15년 만에 떠나 있던 고향에 돌아
오게 된 이야기를 중심으로 가족의 가치와 사랑의 위대함, 내 이
웃의 소중함과 사랑의 따뜻함을 드러낸 드라마"라고 프로그램
정보를 통해 올려져 있었다. 그중에서도 '관계성"에 관련한 인

상깊은 이야기가 떠오르자 그 드라마가 생각났다.

장애인 가족은 대개 부모는 나에게 이런 일이라는 당혹스러움으로 시작해 부정적 예단, 또는 순응적으로 결정하는데 시간이 많이 걸린다. 그사이 가족간의 본성은 해체되는 경우가 많다. 그러다 보면 장애가 있는 사람을 가장 잘 이해하고 케어할 사람이 가장 부정적일 수 있고 그 사람이 1차 가해자라고 누군가가 한 말이 갑자기 생각이 난다.

장애인 시설에 근무하는 사람들도 예외는 아니다. 많은 사회복지시설에서 사회문제는 그럴 수 있다는 인식과 스스로에 대한 점검이 필수임에도 불구하고 매너리즘에 빠지다 보면 자신도 모르게 발생하는 경우도 있고 자신의 기억을 반추하거나 정신적 그리고 학습적 사고의 부정적 인식이 수반되는 경우도 종종 일간지를 통해서 보게 된다.

우리는 이해당사자에 대한 인식을 바꾸어야 한다. 버킷리스트처럼 하루 일과를 적어보고 그것에 대한 평가를 하다 보면 내가 하지 못했던 함께하면서 할 수 있다고 자신감을 심어주어야 하는 일인데 기다릴 수 있는 여유가 생길 것이다 라고 믿는 것이 중요하다. 일상생활에서 이해시킬 수 없는 상황에 노출된 일이라면 말이다. 이러한 주변정리는 스스로를 정돈할 수 있는 기회를 제공한다.

　나는 하루를 어떻게 견딜까 라는 생각과 어떻게 버킷리스트를 작성하고 주변정리를 해나갈까 하는 두 갈래 길이 생각의 차이를 만들고 하나는 일상이 지옥이고 또 다른 일상은 참 좋은 시절로 이끄는 지름길이 된다.

39

터널에는 오직 한 길만 있어 그 길만 따라가면 밝은 세상이 온
다는 것을 잘 새기며 인내하고 터널이 길어봐야 얼마나 길겠는
가 하는 긍정의 하루.

"미국에서 대서양과 태평양을 잇는 첫 대륙횡단철도는 6년간
의 공사를 거쳐 1869년에 완성되었다. 캘리포니아주 세크라멘
토에서 네브래스카주 오마하를 잇는 길이 2826km의 철도를 말
한다. 원주민의 삶터를 무상몰수하는 정책으로 생존권 투쟁을
벌인 미국 내 아메리카 원주민의 생존권 문제로 이를 탄압한 미
국 정부 간의 폭력충돌"을 하였던 슬픈 역사의 한 편이다. 이러

한 희생으로 말미암아 교통을 발전시켰고 도시형성에 기여했다.

이러한 발전은 첫 번째 희생은 이해당사자였고 두 번째 희생은 자연이었다. 심지어 이제는 인류의 위기인 기후변화, 환경문제, 생태문제를 초래해 재앙으로까지 불리어 지는 일들이 너무도 자연스럽게 벌어지고 있다,

모든 일에는 양면성이 있다. 햇살을 받는 쪽이 있으면 그늘이 생긴다. 현대인은 가족 단위가 해체되고부터 집 밖이 두렵다. 세대간 공감능력이 말할 수 없이 떨어진다. 결국 유전되어진 전통과 관습은 유물로 묻히게 된 것이다.

장애에 대한 문제는 1차적으로 이해당사자에 대한 가해는 가족이다. 2차 가해는 이웃에서 발생한다. 이러한 문제는 개인의 문제가 아니라 사회의 문제이다. 누차 얘기하지만 국가와 사회의 책임은 면피용이 아니다. 이해의 문제이고 사회적 함의의 문제일 뿐만 아니라 실천의 문제인 것이다.

여기서 가장 중요한 핵심은 공감능력이다. 사회간접자본을 통

해 도로나 항공 부두 이러한 물류 중심의 발전도 중요하지만 모든 국민이 혜택받을 수 있는 복지 그것도 국민을 설득할 수 있는 소수자들에 대한 인식개선을 위한 문화복지를 통해 자치분권의 성격을 극명하게 밝히는 공감대를 형성하는 계기가 있어야 한다는 것이다. 이는 세대 간의 통합 지역 불균형의 통합 등 긍정적 부분이 많다.

우리나라는 사례를 찾기보다는 사례를 만들어야 한다. 왜 창의적인 민족이 생산적 복지를 흉내만 내려고만 하는지 모르겠다. 이것은 이해당사자가 전문성을 갖기까지 기다리는 걸까 라는 생각이 든다. 법도 규범도 모두 국가와 사회의 실천의 문제라고 생각한다.

40

문득 올려다 본 하늘의 노을을 바라보며 바쁘게 달리는 나를 멈
춰본다. 먼 훗날 먼 길 돌아 나를 돌아볼 때 정말 잘했다라고 자
신한테 박수를 쳐 보고 싶다.

〈반딧불이〉를 운영하면서 듣는 말이 있는 마음 한쪽이 저미는
느낌이 드는 것이 있다. 그 말은 '좋은 일 하시네요'다. 사람들
은 칭찬의 의미를 담아 본인이 할 수 있는 가장 좋은 마음을 건
넨 것일 테지만 이 말이 기쁘지만은 않았다. 나는 좋은 일을 하
는 사람이 아니라 사회복지 현장에서 전문적인 지식을 가지고
보호가 필요한 사람들에게 체계적인 복지서비스를 제공하는 사

람이기 때문이다.

나도 사회복지사가 전문적인 일을 하는 사람이라는 생각을 못
했다. 좀 더 나은 현실을 위해 우리가 해야 할 것들을 생각하고
그 생각을 현실로 옮기기 위해서는 우리의 가치를 증명하고 주
장하는 일을 끊임없이 해야 하는 것이 맞다고 생각했다. 그 주장
에 힘을 가지려면 자격증이 있어야 한다니 처음엔 별 쓸데없는
일도 다 있다고 생각했으니까…

2008년에 사회복지사에 도전을 했다. 나이 마흔여덟에 용인
송담대학에 등록했는데 일도 해야 했고 아들도 보살펴야 했기에
야간 수업을 들을 수밖에 없었다. 2년 동안 학교를 다니면서 결
석하지 않기 위해 전력을 다했고 동학년 학생들과 어울리기도
쉽지 않았으며 괜히 뒤처지지나 않을까 하는 걱정스러움에 책을
한 번이라도 더 읽어 보려고 애썼다.

강의실을 청소하는 사람이 없는 것은 아니었겠지만 가끔 어지
러운 강의실을 볼 때면 씩씩하게 청소를 하기도 했다. 지켜보던
동기들도 슬그머니 돕기 시작했다. 조금씩 동조해 가는 동기들

의 모습에 힘이 났다.

학교를 다니는 동안 남편은 살림을 참 알뜰하게도 도왔다. 무뚝뚝한 남편은 말도 없이 설거지도 해놓고 장을 봐다 놓기도 한다. 음식까지야 바랄 수 없으니 새벽에 일어나 후다닥 저녁까지 준비하고 아이를 돌보는 일까지 하면 녹초가 되곤 하지만 좋아서 하는 일에는 신이 났다.

일과 수업을 병행하다 보니 늘 입병으로 혓바늘을 달고 살았고 결국엔 수술까지 하기에 이르렀다. 수술 후 미각이 둔해져서 간을 맞추는 일이 어려워질 때는 겁도 났다. 돌이켜 보면 그때가 참 좋은 시절이었다.

학교를 졸업했고 나에게는 수십 명의 젊고 씩씩한 동문과 사회복지사 2급, 평생교육사 2급 국가자격증이 생겼다. 지금 생각하니 늦깎이가 아니라 나에게는 어쩌면 가장 젊은 도전이었고 반드시 해야 하는 일이었다.

사회적 가치는 좋은 일을 하는 것이 아니다. 국민이면 해야 하고 사회구성원이면 서로의 연대책임이기 때문에 좋은 일 하시네

요는 국민으로서 사회구성원으로서 책임을 면탈하는 모습으로
비춰질 수 있다고 생각이 든다.

41

무엇이든 그 꿈을 이루기 위해서는 그 꿈이 자랄 수 있는 토양
에 심어야 한다.

장애를 갖고 있는 한 아이의 엄마로서 큰 소원은 내 아이가 부
모 보호 없이도 당당하게 살아갈 수 있는 사회적 여건이 마련되
었으면 하는 것이다. 우리나라는 장애인이 태어나면 그 가족은
커다란 그 무엇인가를 떠안고 살아가게 된다. 그것은 장애를 신
체적 손상 혹은 신체 기능의 장애로 보는 개인적 모델임을 알게
되었다. 장애를 개인적 운명이나 불행으로 생각하고 스스로 극
복하라는 국가와 사회가 과연 옳은가를 되묻지 않을 수 없다.

비장애 아이들은 집에서 가까운 5~10분 거리에 학교를 다니지만 장애아이들은 불편한 몸으로 2시간씩 버스를 왕복으로 가야 하는 실정이었다. 당시 용인에 특수학교가 없다 보니 나는 아들을 데리고 분당 '성은학교'로 매일 왕복 4시간 걸리는 등하교를 했다. 코피를 쏟고 눈물을 흘리며 다닌 길이었다. 용인에 특수학교 없으니 신갈 버스정류장에서 탑승해 돌아 돌아 학교에 갔다가 다시 돌아 돌아 신갈로 오면 내가 픽업해서 집으로 데리고 와야 하는 줄 알았다. 하지만 그것은 국가와 사회가 국민을 위해 해야 하는 헌법에 나와 있는 교육에 대한 면탈하는 행위라는 것을 알게 되었다.

한번은 교통사고가 났다. 발달장애아인 동현이를 데리러 가기 위해 신호를 기다리던 중이었는데 뒤에서 내 차를 들이받은 충돌사고였다. 그 시간은 동현이가 버스에서 내리는 시간이라 마음이 급했다. 내가 얼마나 다쳤는지, 차는 어디가 어떻게 되었는지, 운전자는 누구인지와 같은 사고 뒷수습을 뒤로 하고 동현이가 내리는 장소로 가야 했다. 버스정류장에 동현이를 내려놓고 버스가 가버리면 아이가 어디로 튈지 모르니 내 몸을 먼저 챙길 수 없는 상황이었다. 사고 현장에 렉카가 오고 정신이 없었지만 내 머릿속에는 동현이가 온통 들어와서 다른 어떠한 것도 대응할 수 없었다.

　모든 상황을 뒤로하고 버스정류장으로 가서 동현이를 보니 그제서야 안심이 되고 눈물이 났다. 아이를 집에 데려다 놓고서야 마음이 놓여서 병원에 갔다. 그러고는 열흘을 입원했다. 온몸이 두들겨 맞은 것처럼 아팠지만 아프다는 말도 할 수 없었다. 내가 살아있을 땐 언제라도 돌봐주겠지만 문제는 더 이상 우리 아이를 돌볼 수 없게 되었을 때 어떻게 하지라고 되묻자 지옥도가 펼쳐졌다.

42

기대하는 만큼 노력하게 되고 좋은 성과를 얻기 위해 할 수 있
다, 하면 된다, 해보자 하고 노력하자.

'하나'라는 아이를 처음 봤을 때는 6세쯤 되어 보이는 아이였
다. 말이 없고 얌전한 아이였는데 그 후로 못봤다. 그 후 용천중
학교 특수학급에 있는 하나를 보게 되었다. 여전히 처음처럼 말
도 없고, 의사 표현도 안 하는 소극적인 아이였다. 말을 해야 속
을 아는데 전혀 어떤 생각을 하는지 알 수 없었다.

"하나야. 네 마음이 허락한다면 뭘 원하는지 얘기를 해주면 좋

겠는데 할 수 있을까" 그렇게 기다렸다 친구가 되었다. 그랬던 하나는 지금 사회복지사가 되기 위해 공부를 하고 있다. 앞으로 나는 사회복지사의 길이 10년이다. 내가 일하고 있을 때 이 아이들이 자리 잡았으면 좋겠다는 생각에 하나에게 공부를 해보라고 했더니 5년 만에 공부를 시작했다.

"그 사회복지사되라는 조언은 많이 들었는데 자신이 없어서 못했어요. 지금은 사이버로 사회복지사 공부하는 중이에요. 직장을 다니면서. 여전히 자신은 없지만 옆에서 도와주니 할 만해요. 여기 선생님들이 멋져 보여서 나도 멋진 사회복지사 선생님이 되고 싶어요"라는데 와락 눈물이 났다.

하나가 사회복지사 자격증을 취득하고 〈반딧불이〉에서 멋진 선생님이 되어 후배들을 돌보고 누군가가 하나를 보고 용기 내어 다른 공부를 하는, 그런 공동체를 그들이 스스로 꾸려나가는 세상을 꿈꿔본다. 엄마가 없어도 살아갈 수 있는 우리 아이들의 세상을 또 한 번 그려본다.

장애학이 하나의 학문으로 발전되기까지 인간의 몸은 아직도 생물학적이고 개인적인 것으로만 간주되고 있어서 인재를 적극적으로 발굴하고 지원하는 거버넌스나 구축이나 지원체계 아직 미흡한 것도 사실이다. 하나 같은 친구들이 시설장이 되고 장애인에 대한 이해를 통해 더 기다려주는 당사자 문화가 확산되었으면 좋겠다.

43

영화 '쇼생크 탈출'의 주인공은 빛도 들지 않는 독방에 갇혀있다 나와서도 걱정스럽게 바라보는 동료들을 향해 미소를 머금으며 이렇게 '걱정하지 말게. 난 괜찮아. 나는 그곳에 혼자 있지 않았지. 나는 모차르트와 함께 있었거든. 그와 함께 있는 한, 그 누구도, 그 어느 것도 내 영혼을 구속할 수 없다네.'

사회공동체의 상호 소통관계를 기반으로 반응형 예술작업을 통칭하기를 '관계예술'이라고 말한다. 〈반딧불이〉는 이러한 동시대 장애예술에 대한 현장성 있는 교육을 하는 것이 꿈이다.

이는 창작공간을 기반으로 하는 장애인 예술을 통해 관계성을 확장시켜 나가야 하는 방안이기도 하다. 그 근간은 사회학적이고 예술사적인 관점을 가지고 사회의 다양한 변화와 함께 동시대를 반영하는 니꼴라 부리요의 〈관계의 미학〉에서 정의를 하고 특징을 분석하는 것을 논문을 통해 접하고 나서 내게는 유의미한 실천을 요구하는 것 같았다.

장애인은 비장애인보다 체력적인 힘은 부족하지만 이를 극복하기도 한다. 한라산이나 에베레스트를 등반하기도 하고 외팔로 야구선수로 대성하기도 한다. 의족으로 모델도 하고 테니스도 한다. '스티븐 호킹' 박사는 누구나 존경한다. 예술과 문학에 재능 있는 이들도 많다. 손가락 네 개만으로 어려운 피아노곡을 잘 치는 희아 양처럼 어려움을 극복한 부단한 노력은 눈물겹다. 손을 쓸 수 없어 입이나 발로 훌륭한 그림을 그리는 화가들도 적지 않으며, 발달장애인들도 비장애인보다 뛰어난 부분이 있다. 대체로 표현양식은 다르나 신체적 기능의 변화가 심해 차별화된 화풍이나 기법이 필요하긴 하다. 그러나 장애인의 실력이 저급하다는 선입견은 버려야 한다. 세계적인 거장들이 장애인었음을 상기시키지 않아도 충분할 것이기 때문이다.

장애인차별금지법이 실행되었지만 지금 현실을 보면 아직이
다. 어느 시인의 말처럼 "불편했기 때문에 세상이 바로 보였다"
라는 말이 생각났다.

44

우리가 할 수 있는 일들은 우리가 찾아서 해보자는 생각을 모아 '무조건 하지 마라'가 아니라 어떻게 하면 '잘할 수 있는지' 방법을 찾기 위해 노력했다.

매주 토요일은 시창작 시간이다. 하루는 미소가 아름다운 아이가 시 쓰는 것을 좋아했다. 시집이 나오면 좋아했던 아이였다. 갑자기 받은 전화는 그 아이가 소천했다는 것이다. 황망함을 금할 길이 없었다. 한창 코로나19가 활개치던 때였나 보다. 외출도 쉽지 않은 때 시설에 있었으니 오죽했으랴 싶었다.

장애인은 면역력이 약할 수 있고, 위생관리도 비장애인처럼 철저하게 하기 어려울 거라는 생각 때문에 집단 감염에 취약할 수 있어 조심해야 하는데, 비장애인도 팬데믹 상황에서 우왕좌왕했으니 그때는 누구라도 한 치 앞을 내다볼 수 없었다. 일체 바깥출입을 삼가게 하자 세상과 단절한 그는 우울해 했고 얼마 가지 않아 원인도 모르게 갑자기 세상을 떠나버린 것이다. 시간은 통점을 흐리게 한다. 슬픔도 잠시 나는 일상으로 돌아왔다.

아이들에게도 수업 끝나고 집에 가면 인증샷 보내라, 일주일 동안 인증샷을 보낸 사람들에게 선물이라는 동기부여를 해서 다른 곳을 배회하지 않도록 조건을 만들었다. '무조건 하지 마라'가 아니라 '어떻게 하면 신나게 할 수 있는지' 방법을 찾아보면 길이 있다는 걸 시도했다.

코로나19로 평소의 3분의 1에 해당하는 소수 정원제로 운영했고 사회적 거리 두기에 따라 프로그램도 운영하거나 중단되기를 반복해 사업 기간도 많이 단축했었다. 결국 사회문화프로그램인 가족 어울림 축제와 달그락 특강, 부메랑 캠프, 야외체험, 어우러지기 봉사활동은 할 수 없게 되었고 정기예술제는 일주

동안 무관중 비대면 공연과 자체 전시회만으로 진행되던 때도 있었지만 가지고 있는 끼나 재능을 표출할 수 있고 우리 아이들이 아무것도 못할 거로 생각하는 사람들한테 인식개선을 할 수 있도록 작년까지도 코로나로 힘들었지만, 무관중 비대면으로 USB에 담아서 배포도 하고 SNS, 유튜브 등 다양한 루트를 통해서 활동했었다.

코로나19 기간에도 오디션을 통해 결성된 난타 공연팀 '반디스틱'은 각종 지역행사 무대에서 솜씨를 뽐냈고 함께 플레시 몹 영상을 제작했다. 거리공연은 무관중 비대면으로 진행했었다. 블랭크(나무토막)를 깎아 이름을 각인한 우드펜을 3년 동안 1,200여 명에게 지역사회에 봉사하시는 분들에게 나눔 행사를 하였고, 난임 가정, 출산 가정에도 가죽 열쇠고리와 애착 인형을 기부하는 등 나눔에 큰 비중을 두었고 장애인 취·창업을 지원하는 2차 사진 가공 프로그램인 '펄샤이닝'으로 용인중앙시장 소상공인과 지역주민들에게 다양한 작품을 기부했었다. '나도 시인'에서는 시화전과 더불어 매년 시집을 출간했었다.

결국 상호작용 반응을 중요한 특징으로 채택하고 있는 관계

예술의 발전과정은 사회 움직임에 민감하게 반응하는 장애학적인 장애예술의 지향점과 동일하게 방향성을 잡은 프로그램임을 알 수 있었다.

45

*매일 글을 쓴다. 흔들리면 안 되니까. 나를 다잡기 위해 매일 아
침 글을 쓰고, 매해 슬로건을 만든다.*

　사회학자 칼 마르크스가 언급한 '틈'에 대한 차용은 관계 예술
의 철학적 배경이 되었다. 그는 자본주의 경제에서 획일화된 관
계 맺음이 아닌 주체성을 가진 상호관계의 자유로운 교류를 강
조하는 반면 니콜라 부리요는 상호교류의 장을 예술교류로 이름
붙였다.

　〈반딧불이〉에서는 매년 주제를 정해 한해의 슬로건으로 삼아

구현하기로 했다. 모두가 주인공이고 빛이라는 뜻으로 '모두가 빛'을 슬로건으로 정했다. 이는 부정적인 표현과 의구심보다는 서로에게 힘을 주며 서로를 주인공으로 삼아 주는 서포터가 되어주자는 협업을 뜻했다.

정기예술제는 그러한 슬로건으로 진행하는 장시간의 준비 기간을 거쳐 만들어 주는 일종의 공동체험과제인 셈이다. 참여자들의 각기 개성적인 재능과 창의성을 공유하여 지난한 연습과정을 거쳐 발표날에 맞추어 발표하는 것이었다. 우리 아이가 혼자 살아가야 할 세상에서 "1%의 가능성이라도 보이면 반딧불이 가족들은 한마음 한뜻으로 100%를 만들어 가고 있다"는 공동체 세상을 꿈꾸는 나의 소망이며 발원이었다.

장애인과 비장애인의 상호교류인 매개의 문화예술과 교육이 지지역할을 하는 것이다. 이런 '틈' 장애인들의 문화예술 접근성을 높이게 하고 지역주민과의 상호교류도 가능하다. 또, 장애인 예술가 양성을 위한 전문교육과 역량강화도 가능하다.

사회공헌 예술가는 참여자로 장애인 학습자는 예술가로 다양한 역할과 주체성의 변이를 경험하는 프로그램을 만들기로 한 것이다. 예술이 행해지는 것는 결국 물리적 환경의 영향을 받지 않기 때문이다. 작품은 전시장이나 공연장에서 발표되고 야외에서도 가능하며 작업의 형태도 다양하게 접근할 수 있었다. 그래서 내년에도 우리는 슬로건을 만들 것이다.

2023 장애인 창작집 발간지원 사업 선정 작품집

참 좋은 시절

1쇄 발행일 | 2023년 12월 20일

지은이 | 박인선
펴낸이 | 정화숙
펴낸곳 | 개미

출판등록 | 제313 – 2001 – 61호 1992. 2. 18
주소 | (04175) 서울시 마포구 마포대로 12, B-103호(마포동, 한신빌딩)
전화 | (02)704 – 2546
팩스 | (02)714 – 2365
E-mail | lily12140@hanmail.net

ⓒ 박인선, 2023
ISBN 979 – 11 – 90168 – 79 – 3 03810

값 15,000원

발행기관 | 장애인인식개선오늘 **(042)826-6042**
주최 | 장애인인식개선오늘(고유번호 305-80-25363. 대표 박재홍)
주관 | 대한민국 장애인 창작집필실
심사 | 발간지원 사업 심사위원회
후원 | 대전광역시, 대전문화재단, 갤러리예향좋은친구들, 문학마당, 한국장애인
　　　문화네트워크, 드림장애인인권센터, (주)맥키스컴퍼니, (주)삼진정밀

문의 | **(042)826-6042**